おくれ毛で
風を切れ
目次

JN064771

2019年2月〜2020年12月

2019年

2022年3月〜2023年8月

2022年

2023年

おくれ毛で
風を切れ

2019年

2月〜

2020年

12月

2019年

宇宙がすごい広いんだが

2月19日（火）

目を覚ますと予想外に外は雨で、でもきのう予定した通りシーツは洗濯した。冷静な判断をするのがおっくうで、つい。室内に干し切るのが大変だった。

室内では育たずベランダに放っておいた豆苗が時間をかけてじわじわ成長している。日光を浴びているからかいつもの再生栽培よりも色が濃く茎も太いように見える。

午前中は仕事をして、午後は休みをもらった。

小学2年生の娘の通う学童で、先生と定期個人面談があり娘の様子を聞く。最近は友人らと手作りの人形劇をしているそうだ。人形といっても布で作るのではなく、絵を描いて切って割りばしにつけるようなもの。最新作の「ももたろう」で台本を担当した娘は犬・さる・キジの家来のうち犬を猫に変更したらしい。一瞬なぜ？と思うがすぐにわかった。

猫が好きだからだ……！

そこで自由を発揮するのかと、可能性の押し広げ方におそれいる。

その足で銀行へ行き来年度の学童関係の手続き。学童保育クラブに子どもをお願いするのはこれで6年目なのでおそらく6回おなじ手続きをしているはずだ。が、何をどうするのだったかまったく思い出せない。振込用紙を窓口に持っていくだけのことだが本当に6回目なのかというくらい新鮮な体験だった。

ああ、あとは、あとはそうなのだ。私はiPadを買わねばならない。娘の通信教材を来年度からタブレット受講にすることにした。教材がiOSでしか動かないそうなのだ。

ガジェットを買うのはとても苦手だ。教材の動作確認のとれているiPadの一覧があり、そこからいちばん古く低スペックなものを買おうと思う。しかし古いと数年受講するあいだに動作確認外の端末になってしまわないか不安もある。

最新のiPadはそれほど高くないとも聞いたが、タッチペンが高いというじゃないか。iPadは数年に一度、欲しいなと思って調べると高くて毎回びっくりする。そういう、ことわざみたいな存在だ。しかし4月までにはいよいよ買わねば。今日買おうと思ったがやはり腹が決まらず買えなかった。

娘を学童に迎えにいって今日のできごとをヒップホップのコールアンドレスポンスでおたがい歌いながら帰宅。おなじころ塾から帰って来た5年生の息子が

「宇宙がすごい広いんだが！」

と言うので、それは知っていますよと言うと、理科で習っている「宇宙」の学習範囲が広すぎる、ということだった。宇宙が広いので仕方なかろう。

車窓を見る人は黒目がカクカク動く

6月1日（土）

息子は早くに起きて近所の公民館で受講している作文教室のおじいさん先生たちとプールに行った。作文の教室のはずだが、プールや川によく行くのだ。娘はゆっくり起きてきて、土曜日の朝の兄妹は時間の流れがまるでちがう。

娘はそうしてのんびりくつろぎながら、「おしりの呼び方には3つあるけどわかる？」

と言った。

「おしり、しり、けつ」

「おしり」と「しり」を分けるなら、「けつ」のほかに「おけつ」があってもいいのでは？ あと「臀部」という言い方もあると言うと「臀部」を辞書で引いていた。

息子が帰ってきてお昼はそばをゆでた。わたしたちはそばが好きだ。めんつゆに天かすを入れてみたら冷やしたぬきみたいになっておいしいのではないかと試してみたが、うまく一体になって口に入らず案外よくなかった。

午後、息子は塾のテストで娘はバレエの稽古で私は仕事だ。明日もいろいろと予定が立て込んでおりばたばたする。こうして3人の予定を頭に入れてコントロールするのも、でももう数年なのかなと急に思い「4年経ったらふたりは中学生と高校生なんだね。すぐだけど、いまよりずっと大きいよね」と言うと、息子は「なんで急にいま4年経たせたんだ」と驚いていた。

そして「おれがいまから受けるテストで1位をとったりしたら、あれから4年か……って思うかもしれないな」と言いながらテストに行った。

娘はバレエ教室に行き、私は仕事へ。

とどこおりなく充実して終え、バレエ帰りの娘を預かってくれている妹の家へ向かう。

玄関の前に血痕があった。

娘は姪っ子とゲームをしていた。血について聞くと娘が公園で遊んだあと鼻血を出したそうだ。娘は鼻腔の皮膚が薄く血管が浮いておりよく鼻血を出す。

帰りの電車で、車窓を見る人は黒目がカクカク動くのを娘に教えたがあまり興味がないようだった。おもしろいのにな。

明日は息子が朝5時から登山に出かける。起きてお弁当を作らねばならない。娘はいつもとは別の場所でバレエの稽古がある。気持ちが焦ってきた。あわあわして寿司を買った。

娘が食べたいと言うし、私も焦りで盛り上がっていたのでこれは寿司だなという気持ちだった。帰って食べたら落ち着いた。寿司は息子がいちばん喜んだ。

テストはたいしてよくできなかったそうだ。

「はい、論破」みたいに幸せを

6月6日（木）

パッと目の前が明るくなったものだから暗がりでテレビがついたのかな？ と思ったが、ちがう。起きて目が開いたのだ。寝ぼけとともに目覚める。

息子は作文の宿題があるらしく悩んでいた。居間のちゃぶ台に座る息子のまわりは辞書やら本やらでかなり散らかっている。

「文豪みたい。原稿用紙を丸めて背後にポイポイしないと」と息子は言い、そういうシーンとしての慣用表現みたいなものを子どもたちはいつのまにか心得ていて、へえ、と思う。

息子が2歳か3歳のころ、絵本に荷物として描かれた唐草模様の風呂敷包みを指さして「どろぼうの」と言ったことがあった。実際にはそんなどろぼうはいないにもかかわらず、記号として唐草模様の風呂敷包みがどろぼうの持ち物だということをこの子はもう知っているのかと驚いた。

子どもらは学校へ行き、私は仕事。

夕方になり学童帰りの娘と落ち合って耳鼻科に寄り、そのあと娘は学習塾の公文へ、私は買い物に行った。それぞれの持ち場ですごす家族が、必要な時間の枠だけ合流するのはとても興奮する。

帰ってずっと使いそびれて冷蔵庫のなかにあった水煮の大豆とこんにゃくを煮た。こんにゃくは豚汁を作るときに使おうかな、大豆は衣をつけて甘辛く炒めようと思いながら置いたままでじわじわと気が焦ってきていた。一緒に煮ればよかったのだ。すっかり安心した。しかもうまく煮えた。

娘が公文から帰ってきた。迎えに行きそびれたので玄関まで迎えに出たがちょっと気恥ずかしく、手でめがねを作った。娘も同じように手でめがねを作ってじわじわとふたり詰め寄ってきゃっきゃする。

しばらくそれぞれ家事と宿題をやって、気づくと娘が上半身あおむけでソファの下にもぐっていた。こちらに向けて手を出している。なにか取ってほしいようだ。

「自動車整備の人だよ〜! スパナ取って!」

おお、なるほど!

こういうの、映画のシーンにありそう。

車の下にもぐって自動車整備をする人に、主人公が工具みたいなものを渡す、しばらくしてなにか重要な発言を主人公がしたところで「はあ？」みたいな感じで車の下から顔を出す。出てきたのは、あの有名俳優！

娘は寝て、息子が塾から帰ってきた。

ごはんを食べて、アイスを食べて、「はい、幸せ」と言った。「はい、論破」みたいな感じで。

猫をさがしていそうな人たちだった

6月14日（金）

子どもたちはあまりたくさん食べたがるほうではなく、おかわりもしない。銘々皿に盛って出すとそれだけ食べて食事が終わる。食事というのは出されたものを食べることだと思っていまいか、自分で「多すぎる」「足りない」がわからないのではと少し心配になり、大丈夫か足りたかと聞くのだがだいたい「うん」と返ってきてそれきり。無理にたくさん食べさせるのもよくないだろうしまあそんなものなのかなと思っていた。

しかしこの日、朝ごはんのあと娘が冷蔵庫を開けてなにか探していたのだ。なんかほかにない？　と言うので追加でソーセージをゆでることにした。息子にも聞くと食べるという。２本ずつ４本ゆでた。不足がやっと可視化された！

考えてみたら食事が足りているか多すぎるかは、大人でもだいたいいつも判断がむずかしい。人生レベルで悩み迷い惑うテーマだ。

食事を終え娘が急に「覚悟ってどんなかんじ?」と言う。「覚えるに悟空の悟だよ」と答えるが漢字を聞いているのではないらしい。

「覚悟ってどんなかんじで決めるの」

どんな感じで。うぅーーーっ! よし! ……こんな感じかな。違うかな。息子も会話に入ってきた。手でグーをつくって心臓らへんをとんとんとたたき「フーっ」と息を吹いた。こんな感じ? かっこいい! それかっこいい!

実際に覚悟を決めるときはとくにアクションってないかもねなどと話し合った。

子どもたちは学校へ。私は仕事。終わらないと思われた作業があったがやったら終わって驚く。

娘を学童に迎えに行き帰り際、町会の掲示板の前で数人でなにか張り出していた。なんだろうと娘が言って、私は迷い猫じゃないかと答えた。なんとなく、猫をさがしていそうな人たちだった。

夜になり子どもたちを妹と姪っ子の家にあずけるために電車で送る。約束の時間が近づくが準備が整い切らずあわてていると、息子が部屋に転がしてある娘のパンダのぬいぐるみを指さして「あののぬいぐるみ、明かりがついてるとかわいいけど消して暗くなると怖いよ」と言った。

暗くした。

くたっとした素材のぬいぐるみで、暗くするとたしかに顔の部分が陰になって怖かった。怖いね。うん、怖いよね。しかし、今か⁉ 怖さの余韻にひたらぬままあわてて家を出た。

さっきの掲示板の前を通りかかるとやはり迷い猫の張り紙がしてあった。特徴をよく読んでおいた。

子どもたちを妹と姪っ子の待つ家に送り届けて今日は私はそとで酒を飲むんだ。家には大人が私ひとりしかいない。毎晩子どもたちと過ごすのはとても楽しい。それでも調整してたまには夜に遊びに出る。友人が最高におしゃれな店を予約してくれた。盛り上がって酔っぱらった。缶詰と漬物をもらった。

燃えるごみよりも資源ごみのほうが多いでしゅよ

6月16日（日）

早くに目が覚めた。コーヒーを飲んで本を読んでいると息子も起きてきて今日こそ映画の『メン・イン・ブラック』にチャレンジすると言って観はじめた。が、しばらくして、やっぱりだめだ……。とやめた。人間が変形してエイリアンになるのが異形の表現としていちばん怖い、とのこと。

それで別の映画をと探して『宇宙人ポール』を観はじめ、観ながら一緒にごはんを食べて、私は洗濯物を干したり家事をして、娘が起きてきてごはんを食べて、映画は終わった。いつもと同じ休日の朝の時間の流れのなかに並走して映画を観る人がいた。おもしろかったとのことで、よかった。

午前中から子どもたちと3人で買い物へ。いい天気で暑い。歩いていると娘がはっとして「パン」と言う。娘の見ているほうを見ると、小学校高学年くらいの男の子が菓子パンを両手に胸の高さくらいまで掲げて嬉しそうに歩いていた。

「パンだ！」と私もつい小さく口に出た。

「パンだね」「パンだったね」と娘と確認し合う。とんでもない幸福の様子だった。

息子の靴と娘の靴ひもを買わねばならない。息子の靴は本格的にぼろぼろだ。大人はなかなかここまで履きつぶさないだろうというありさまで、靴の状態としてかなり珍しい。珍しがって感心してつい買い替えるのが遅れてしまった。

靴屋であれこれ見て、良いものはあったがサイズがなかった。ふと息子が「最後は気持ち」と言うので、どうした！と思ったら、靴に入れておく臭い消しのボールのような商品にそう書いてある。ほかにも「自分を信じて」と書いてあるものもあった。現実はいつだって唐突だ。

娘の靴ひもは良いのが見つかった。ひもを結ぶのが面倒なようなので、どこかでいつか見た、ひもを通しさえすれば結ばなくてもいいゴム製の靴ひも、あれを買おう、とぼんやりしたイメージだけで探したが、あった。

その足で安いカットの店へ行き子どもたちは髪を切る。娘についた美容師さんが楽しい方でたくさん娘に質問をして盛り上げて、娘もよく返していた。

「英語学童でならった英語を聞かせて」「うーんあまり覚えてない」「えっ、いま待合室でお母さんショック受けてるよ!」という、声が待合室にいる私に聞こえている前提の会話のくだりがあり、聞いているだけの形で会話に参加するパターンがあるのかと新鮮な思いだった。

赤ん坊を育てていたとき、私に言うことを赤ん坊に言う形で伝えるコミュニケーションになんども出会った。「何歳でしゅか?」みたいなやつだ。ある日「うちは燃えるごみよりも資源ごみのほうが多いでしゅよ」とごみについて赤ん坊を通じ伝えるご近所さんがいらして、これはおもしろいな! と思ったものだ。待合室へ会話を聞かせるのはそれ以来の新鮮さだった。

終えて遅めの昼ごはんをモスバーガーで食べた。昼時をすぎた店は空いていて快適だ。息子は食べ終えてそのまま遊びにいき、娘と家へ歩いているとスズメが水浴びをしている。

止まって見た。

家について一休みしたところで娘の友達がやってきて娘を連れていき、入れ替わりに友達が見つからなかったと息子が帰ってきた。休日の家は急に出たり入ったりが激しくなる瞬間がある。

息子が「今日は何時によるが来る?」と聞く。「詩的にしてみました」と言う。晩ごはんの時間を聞いているのだ。

「19時ごろ来ます」と答えた。

息子の靴はネットで買った。届くまでしばらくかかるようで、そのあいだは私の靴を貸すことになった。ぼろぼろに履きつぶした靴ももともとは私のだった。靴のサイズが同じなのだ。

情報は目でとまって頭にまで到達していなかった

6月22日(土)

私は仕事が休みだが子どもたちは学校がある。わーわー起きてわーわーごはんを食べて子どもたちが出ていってしまうと家が急に静かになった。

ソファで少し寝て、本を読んでスパゲティをゆでてインスタントのたらこソースを和えて食べた。そのあいだもずっと静けさが続く。

ロベルト・ボラーニョの『はるかな星』を読み始めた。最近急に周囲のひとたちがこの作家の作品について熱心に語りだした印象で、どれ、と思ったのだ。読みながらなんとなくこぶしで側頭部をぐりぐりしたらすごく気持ちがよくて、どんどんぐりぐりした。するとここ数日なやまされていた右肩のこりが軽減したのだった。健康雑誌の増刊ムック本みたいな話だ。肩がこるなら頭をほぐしなさい。でも本当に楽になった。しかしあまりにも強くぐりぐりしすぎたせいで頭の皮膚が痛くなった。人生いろいろである。

妹からＬＩＮＥが来て、鍵がなく家を閉め出されたという。私は妹の家の鍵を持っていて、それを取りに行ってもいいかということだった。休みの日だし届けてやりたいが午後から用がある。おいでと返事をするとすぐに来た。

鍵を渡して、せっかく来たのだからとあめ玉をあげた。妹は「鍵がないのに気づいてすごくあわてたけど、いったん落ち着こうと思って駅前でつけ麺を食べたら元気になった」と言う。いい話だ。

子どもらが学校から帰ってきた。夕方から息子にどうかと思っている私立の中学校の説明会がある。妹も一緒に家を出た。妹は息子に、わたしは勉強をしなかったしすべきということも知らなかったからなにも知恵がなくて大人になって自分の無知さにおどろいた、塾に行けてうらやましいよと言った。

塾に行くか行かないかはとても難しい問題だ。

「なにも知恵がない」といえば私も学校の勉強どころか生活の多くも不勉強から知らなかったと、例えば「きったねえパンツははいてはいけない」ということすらも知らなかったと言ったら、妹はそれは私は知ってた！とのことだった。知ってたか……。

駅前で男性とすれちがった。娘が「いまのひと『いろはす』のでかいペットボトルつぶしてたね、たくさん水を飲んだんだね」と言ってはっとする。私も男性がでかいペットボトルを手で握りつぶしているのを目では見ていたのだ。しかし情報は目でとまって頭にまで到達せず、それが、たくさん水を飲んだことを示していると気づかなかった。

駅で逆方向の電車に乗る妹とわかれ、中学校へ行って説明を聞く。独特なプレゼンテーションをする先生がいておもしろかった。スライドに音楽をつけているようなのだが音量が上下し安定しない。スライドをめくるテンポも見たことのないもので、パワーポイントでのプレゼンテーションは私が考えているよりも自由なものなのだなと思った。

帰ってLINE Payのキャンペーンで出前の5割還元をやっていると知って夜はなんとピザを取った……！　コーラとビールも買って千鳥のテレビを見ながら食べた。

子どもたちが寝静まったあと、パソコンで作業していたらマウスが壊れた。

目の前で大福が売り切れて誇らしい

6月27日（木）

食パンにハムとスライスチーズをのせて焼いてタバスコをかけて食べたからいい日だ。子どもたちは学校へ。私は仕事。午後に取材があり、早めに現場の近くまで行ってドトールで昼を食べる。広いドトールだが私が入店したあと徐々に混みはじめ、ぱっと入り口付近を見るとレジ前ではなくホールの前に列ができている。どうやらこのドトールでは混雑して席がない際はまずホール前の列にならんで席を確保し、それからレジでオーダーする暗黙のルールがあるようだ。混んでいるのに静かで整然としていて大人の世界だった。仕事を終えて近くに評判の和菓子屋があるのを思い出し寄る。目当ての豆大福が目の前で売り切れたが、がっかりというよりも「そうでしょうそうでしょう」という気持ちだ。この店はおいしいと話題なのだから売り切れるのは当然でしょう。買いにきた者として誇らしい。

豆大福はなかったが草餅と桜餅がまだあったからありがたく買った。

帰宅すると娘の通う公文から娘が教室を出たとメールがきた（最近の公文はそういう仕組みがあるのだ。ありがたいことだ）。家から迎えに行くと向こうに娘が小さく見える。

娘は自転車をとめて手を振っている。

　私が迎えに行き娘が帰ってくるとき、道の向こうの相手が視界に入ったらいち早く手を振ることになっている。いつもだったら手を振ったらそのまままた出会うまでおたがい進むのだが、この日は娘は自転車をとめたままだった。空を見ている。

「カラスが2羽いるよ」と言うので指さす方を見ると、並んで止まってくちばしをつつきあっていた。

　カラスが仲良くしているのはもしかしたらはじめて見たかもしれない。

「カップルなのかな」と言うと娘はもう興味をなくして家に向かっていた。雨が降ってきた。

　帰って娘のにおいをかぎたい私が娘を追いかける遊びをした。ちゃぶ台の周りをわーわー走った。

　晩は豚肉の冷しゃぶを食べる。食後に娘に買ってきた和菓子をすすめたがいらないということだった。娘はあんこにあまり興味がない。その代わりにグミを食べていた。私は草餅を食べた。あんこが、こしあんなのにしょっぱい。しょっぱいのは粒あんだけだと思っていた。

　それから、回覧板をまわそうと玄関を開けたら「ウォっ」というでかい声がし、ヒッと私も声を出しておどろいた。息子だった。ちょうど塾から帰ってくるところだったのだ。

びびったー！　びびったびびった！　偶然すぎる！　タイミングばっちり！　とひとしきり盛り上がる。

　夜になり、娘は寝て、息子とニンテンドースイッチを買ったときの話になった。数年前のことだ。なかなか手に入らず近所のイオンで抽選があると聞き子どもたちと朝から並んで整理番号券を手に入れた。くじ引きで番号が呼ばれると買える。みごと我々の持っている券が当たり、つい私は「やったー！」とかなりでかい声を出した。

　あれ、恥ずかしかったよと息子は笑っていた。本当に恥ずかしかったのだろうと思い心から謝った。息子のなかではもう笑い話になっているようでよかった。

悔しがるころは過ぎた

7月3日（水）

　朝は息子が日本語で書いてある文章を英語のような発音で読みあげ、私と娘は静かに聞いた。

　パンとハムを食べて子どもらは学校へ。私は会社に行く。メールをたくさん書いたらすぐにたくさん返事が来た。

　終わって帰り道、前を歩く男性が、ノートを中が見える状態で丸めて持っている。新聞の切り抜きを貼って、横に手書きでなにか書いてあるようだ。なんだろう、熱心で楽しそうなノート。ノートに学びをまとめるのは対象への熱意のあらわれそのものの感じがする。

１００円ショップに寄った。換気扇のフィルタと三文判と娘に頼まれていた漢字ノートを買う。三文判は家にあるはずが見つからず、悔しいばかりに買わないままの日々がもう何か月も過ぎていたが、悔しがるころは過ぎた。気分よく買えた。

帰って換気扇のフィルタを替えた。何か月ごとに替えるというようなルールは一切なく、なんとなく汚れたなと思ったうえで気が向いたら替えている。

息子が帰ってきて、娘も帰ってきた。娘に漢字ノートを渡した。

晩ごはんにもやしとにんじんのナムルを作ったらつまみ食いをした息子に「うまいじゃないですか」と言われうれしい。うれしい気持ちのまま、よーし！ ごはんをたべるよ！と娘も呼んで、娘はテーブルについたが涙を流しているのだ。

おーい‼

大きな声が出た。どうした！ いったいなにがあったんだい⁉ あわてて抱き寄せて頭をなぜてやる。なんということか。

理由を問い詰めないほうがいいと思うも、なんで泣くのかあまりにも知りたくて、お腹がいたいのか？ とか、学校でなにかあったのか？ などと矢継ぎ早に聞いてしまった。言ってみな？ 大丈夫だから言ってみな？

しばらくして「漢字ノートのマスの数が違うから……学校でみんなと同じようにノートが取れないかもしれない」と言った。

そう、中学年用の91マスの漢字練習帳を買ってきてほしいと言われていたのだが、店に84マスのものしか売っていなかったのだ。渡したとき「これ2年生のやつだ」と言っていたが、なんとかなるような感じだったのでまさか気に病むとは思いもよらなかった。

まだいま使っているノートに空きがあるそうなので、明日ちゃんと91マスのを買うから泣かないで、大丈夫だよと言うと泣きやんだ。

このとき実は私は（そしたら買ってきちゃった84マスのほうはどうしようかな……）と思っていた。

「俺が使うよ」と息子が言った。心を読まれた。「高学年になると誰もノートのこととか気にしないし」とのことだ。なんとありがたい。娘も「サンキュー」と言った。なんでいま英語で言ったのかな？ と息子と顔を見合わせた。

娘は気をとりなおして納豆のタレを納豆にかけたあと、残ったタレを小袋から直に吸うものだからたしなめる。

台所に葉っぱが生けてある。娘のバレエの発表会のときに母が持って来てくれた花束に入っていたやつだ。花はもう枯れてしまったが、葉ものだけはしおれず生けっぱなしにしていた。水を替えると、根が出ているのに気づいた。

「ねえ見て！」があるから人は連れ立ってどこかへ出かける

7月7日（日）

息子の塾のテストにつきあって早起きした。会場へ送り届けたあとまた終わったところを迎えて連れ帰る予定だ。テストが終わるのを待つあいだどこか店に入って朝食を食べようとたくらみ、パンは息子の分だけ焼いて、食べる息子をながめていたのだが……「あっ！」と声が出た。今日は子どもが試験を受けているあいだに親は説明会がある日なのだった。あわてて魚肉ソーセージだけ食べた。

ふたりでぼんやり向かう。隣を歩く息子に肩をたたかれて、指さす方を見るとドラえもんのポスターが貼ってあった。私がドラえもんが好きなので教えてくれたのだ。うれしい。「ねえ見て！」はとてもとても大事なことだと思う。「ねえ見て！」があるから人は連れ立ってどこかへ出かけるんだろう。

息子はテスト会場に吸い込まれていき、私はホールで塾の先生の話と私学の学校説明を聞いた。

塾の先生は「子供をよく褒めること」と繰り返しおっしゃっていた。子育てをはじめて

12年になるが「お子さんを褒めてあげてください」というのはもう本当にさまざまな人たちからアドバイスしてもらってきた。

自分が子どものころは親にあまり褒められなかった。一度だけ、食パンにピーナツバターがうまくぬれて褒められた。それだけ覚えている。

これは完全な憶測だが、かつてはあまり「積極的に子を褒めよう」という気概がなかったのではないか。それで、親が子を褒めていないな！と誰かが気づいて、教育関係者が「褒めよう」という運動を起こし今に至っているのでは……。

親の素直な心情としていつも子を褒めたいと思う。そういう湧き上がる「褒めたい！」という気持ちが間違いではないと自信をもらえ続けるのは本当にありがたいことだ。

私学の説明もおもしろかった。先月から3校くらいだろうか、中学校の説明会に出て、どこもいいじゃないか……そりゃ説明会は自校を良く言うだろうし何をどう見比べればいいというのか……と思っていたのだが、この日は「あ！ここはちょっと合わなそうだぞ！」とはっきり分かった。教育のプログラムに私の希望と反するものがふたつあった。説明会に出席した成果がでた……！うれしい。

終わった息子を労い帰宅。

ホットケーキを焼いてみんなで食べて、午後、子どもたちはそれぞれ出かけていった。

私はロベルト・ボラーニョの短編集の『通話』を読みながらそのうち昼寝した。有意義だなといい気になったが、寝すぎて一瞬で午後が終わった。

寒い日だ。夜は薄手の寝巻に厚い布団をかけて寝た。冬が来るみたいだ。

全力で走りそしてふたりは出会った

8月15日（木）

寝坊してしまった。あばばあばばと思いながら大急ぎで弁当を作り、お化粧をして洗濯物を干して、うおお間に合ったと息を切らす。

人々を起こし朝ごはん。息子は最近アマゾンプライムビデオでアメリカの映画をよく観ているが、最近は英語だけ聞いて字幕を見ないようにしているのだそうだ。英語を学ぶためではないと言う。

「アメリカの人はオーバーアクションだってよく聞くから身振りでなんとなくわかるような気がしたけど、ぜんぜんわかんなくてうけるから」風情あるなあ。

しばらくして、しまった、ごみの日ではないかと気づいた。回収の時間を10分ちかく過ぎている。だめ元でごみ置き場へかけていくと、向こうにいままさに回収車が来たのが見えた。この距離ではもう間に合わない。残念と引き返そうとすると、作業員さんがこちらへ走ってくる。

一瞬「?・」という気持ちで、そのあとすぐ、あ！　私のごみを受け取ろうとしてるんだ！　と気づいた。あわてて私も全力で走って、そしてふたりは出会った。作業員さんは笑って「おはようございます！」と言ってごみを受け取ってくれてすぐにまた収集車の方へかけていった。ありがたみが染み渡りきり、帰って子どもたちの頭をなでまくった。

家族は解散してそれぞれの持ち場へ散り、私も会社へ。もりもり仕事をして帰る。

息子と娘も帰ってきて、晩は焼き肉。みんなで静かに食べて、そのあとそれぞれ宿題をしたり本を読んだりYouTubeを見たりして、そろそろ風呂にでも入ろうかと娘に声をかけるが、あれ、しょんぼりしている。そして

「ぷちぽが貯まらないんだよう」と言った。

ぷちぽ。

なんだろうなそれは。

抱きしめ頭をなでてやりながら「ぷちぽってなに?・」と聞くと、娘がやっているタブレットの通信教育で学習を終えるともらえるポイントのことらしい。がんばって勉強してるのにタブレットでうまく入力できないことがあってそのせいで「ぷちぽ」がもらえないことが多いのだそうだ。

そんな悩みがあったとは。彼女にとって「ぷちぽ」がとても大切だと分かったが、私には「ぷちぽ」はだいじな人がだいじにしているものなのでだいじと、価値がまだ間接的だ。

「ぷちぽ」という名前の独自さと、その独特なネーミングのものに夢中な娘がかわいらしく、懸命になぐさめたが少し面白いなと思ってしまった。

しばらくすると娘は気をとりなおした。風呂からあがって「ぷちぽ」についてよく教えてもらった。もらえなかったぷちぽの代わりに「おかぽ」(おかあさんポイントの略だ)をいくらでもあげようと言ったが「いらん」とのことだ。

子どもたちは寝て、私は台風で風が強いのが落ち着かずビールをたくさん飲んだ。

人間社会で成長することそのもの

9月4日(水)

可燃ごみの日は起きるなりごみをまとめて玄関まで出して、そのあとの朝の時間はずっと、こまごまと出続けるごみを、まとめたごみ袋の結び目の狭い隙間から中に押し込む。

子どもらは学校へ行き、私も仕事。

昼休みにファミリーマートからネット通販で売れた同人誌を発送した。私が使っているのはブースという通販サービスなのだけど、同じ発送の仕組みがメルカリでも使われているらしい。ファミマでもヤマトの営業所でも、スタッフさんは「メルカリのやつね!」という認識なので、私も「メルカリのやつっす!」という雰囲気を出している。そういう、詳細としては違うけれど全体の認識に合わせるみたいなことは、生きているとよくある。

あれこれやって夕方から取材に出かけた。とてもいい取材でたくさん笑って帰宅。子どもらも帰ってきた。

ごはんを食べながら、まったく無関係の単語が連なるように言っていくゲームをした。例えば「くま」と言ったらくまに関係のないことを言う。「ハンコ」とか。子どもらとたまにやるゲームだけど、宇宙と人体に関係するワードは出すと続けにくくなることが分かっている。勝ち負けではなく長く続けることが可笑しみのゲームだから、できるだけ続けやすい単語を出していく。

醍醐味は、それって関係あるんじゃない？ と回答について検討する時間で「くまの柄のハンコだってあるよね？」みたいに。

娘が強い。実は娘は目に入ったものを言っているだけなのだ。「湯のみ」とか「懐中電灯」とか。考えすぎずに取り組むとうまくいくゲームだ。

飽きたころやめて、娘はお菓子のトッポを食べていた。どこにあったんだ。そうだ、週末暇つぶしに買って一緒に食べたのだ。一袋まだ残っていたとは。娘はトッポを、なんか長い、中にチョコの入ってるやつ、ではなくちゃんと「トッポ」と商品名で呼ぶ。流通する商品名を覚えるということは、人間社会で成長することそのものだと思う。

息子が早く寝た。お兄ちゃん歯磨いてないよと娘が言い、なぜかというと歯ブラシがぬれていないからだそうだ。

まあまあ家

9月26日（木）

バーン！と家を出てすぐ、スマホを忘れていることに気づいた。

私はだいたい家を適当に飛び出て、道を歩きながら持ち物を確認する。帰宅時も歩きながら鍵を出して玄関扉を開ける気まんまんという様子だ。家の半径15メートルくらいは、まあまあ家みたいなイメージなのかもしれない。

ただ、「まあまあ家」だとしても、あーあ、今日はここいらで横にでもなってみるか……という気持ちには一切ならないから、人間の規範意識というのは本当にすごいものだ。

スマホも持ったし改めて出かけた。新しいスニーカーを履いている。

ずっと履いていたものに穴が開いて、同じのを買わねばと思いながらお金のかかることだし気持ちがうろうろして買えずにいた。ふと、そうか、こういうのがメルカリなのかと調べてみるとサイズもデザインも欲しいものとまったく同じ新品が出品されている。普通に買うよりずいぶん安く、大慌てで買ったのだった。

必要なものを安く得た充実もさることながら、あのメルカリをようやく正しく使ったぞという達成感があった。

安いコーヒーが飲みたいと、事務所に着く前にスーパーに入ったが、棚を見てもどうもしっくりこない。おや？と思いながら見る棚をずらしていったらコーラのところでピンときた。飲みたいのはコーラだったのだ。コーヒーじゃなかった。「コー」まで合ってた。

コーラを買って、飲みながら仕事をして終える。

帰ると娘も帰ってきてごはん。「今日の給食は白いごはんだったでしょうか？」と聞くから、変わったクイズだな？と思いながら「うーん、白いごはんではなく、炊き込みごはん！」と答えると、ブブー、白いごはんでした〜！と言う。ひっかけ問題だそうだ。すっかりひっかかってしまったな。

食後も踊りながら娘はクイズを出し続けていた。娘は元気なときはよく踊る。この子は心身ともに健康なのだなと知れてとても安心する。

息子も帰宅。食後に大袋から麩菓子《ふがし》を出して食べていて、ふと目が合うと「いま3つ目」と報告してきた。

気づかないまま傷つく

10月2日（水）

息子はきのう、学校が休みで仲間と校庭に集まってまるまる一日ラグビーをしていたのだそうだ。スポーツニュースでワールドカップの話題を観たからとのこと。話題のスポーツをすぐやるの、あまりにも小学生らしい。時事ネタをエンジョイする力に感心した。

体のよくわからない部分が筋肉痛だと言いながら息子は学校へ行き、娘も出かけた。筆箱を忘れていてぎりぎり追いかけて渡したが、連絡帳も忘れていたのには気づかなかった。私も仕事へ。終えて帰る。

晩は鶏肉を寿司酢で照り焼きにしようとフライパンで肉を焼きつけてからジャーと寿司酢を入れてふたをして、しばらくして味見をしたら、入れたのは寿司酢ではなく酢だった。すっぺー！　あわててしょうゆと砂糖をじゃぶじゃぶ加えて事なきを得たが、酢の酸っぱさをあらためて思い知る。

無事に酸っぱすぎない肉を食べたあと、学校からいじめ問題への取り組みについて話し合う宿題が息子も娘も出ているということで、おおそうかと少し話した。

息子も娘もいじめは見たことがないそうだ。話しながら、いじめは気づかないまま傷つくことがあるのを思い出した。

私はいまの娘と同じ小学校3年生のころそれまで友達だった人たちから急ないじめにあったが、なんと自分がいじめられていると気づかなかったのだ。なんだか突然普段と違うことが起こって困って学校に行けなくなった。

度を越えて世間を知らない子どもだった。当時まだ「いじめ」ということばを知らなかったのが何が起きたのかをつかめなかった原因の大きな部分だろう。

さみしさやみじめさを実感しながらも、これが被害を訴えてもいい、声を上げることが許される、いじめという状況なんだと脳でもって分類しきれない状態というのはわりあい普通にあることなんじゃないか。

学生のころ、チェーンの喫茶店でアルバイトをしていた。いちばん仕事のできる男の子が店主と年長のバイトに、あれはいじめられていた。バイトをやめて、あとになってからそれにはっと気づいて後悔した。本人とは交流があったが、彼もやめるとか声を上げるとかする様子はなく、いちど、あの人たち君に失礼で嫌だねと言ったら、そうなんだよねと言っていた。我慢していたのだ。

子どもたちはいじめを見たことがない、でも見えていないところで実は起こってるんだろう！ということではまったくなくて、ただ、いじめというのは「起こっている！」的に劇的に起きるのではなくぼんやりとしたなかで、なんかやだなあでも友達だしなあ、と、あいまいに起きることがあると話した。それくらい本質的に陰で湿なものだ。

娘が風呂に入りにいって、しばらくして様子を見ると脱衣所で座り込んでおり驚いた。大丈夫か⁉ ととなりにしゃがむと、かかとを見ている。かゆいのだそうだ。おお……気分が悪くなったのではと思ったがよかった。見てみると靴ずれしている。上がってから薬を塗った。

息子も背中をかゆがり薬を塗った。

これからほっぺたをバンバンにふくらませる宣言

10月22日（火）

息子が通っていた作文教室のおじいさん先生から電話があった。

息子は先日、塾が多忙になりこれまで通っていた作文教室をよした。ただ、いままでさんざんお世話になった縁が急に切れてしまうのはさみしいということで土曜日の水泳に参加するのと（作文の教室なのだが先生が生徒を毎週プールに連れて行く習慣がある）、たまに先生に日記を提出することになっている。

息子に電話をかわった。明日先生に日記を渡しに行くことになったそうだ。先生はいつも息子の書いた日記の１・５倍の分量の感想を朱で入れて戻してくれる。

私と娘は丸一日予定がなく、息子は午後から塾がある日。午前は全員でゆっくりして昼ごはんの買い出しに娘と出かけた。あれこれと買って帰る途中、歩きながら娘が「これからほっぺたをバンバンにふくらませるから」と宣言した。おお……ならば応援せねばと口をぶーとふくらませる娘を「がんばれー！」「もっといけるぞ！」「もうすこし！」と盛り上げる。すると娘はぶっと吹きだして、応援されると笑っちゃうから、お母さんあっち向いててと言うのだ。しかたがないのでよそを向いて、でも気になる。ちらっと娘を見るとほっぺから鼻の下までパンパンに空気を入れてふくらませていた。

昼はホットケーキを焼いて、あんこやアイスをトッピングする祭りをやる。栄養が足りないとおそろしいからサラダやハムも食べた。

息子は塾に行き、私は娘と今度は図書館へ。

娘はかわいい文字の描き方の本を借りた。字の飾り方や手紙に添えるイラストの描き方が辞書くらいの厚みでびっしり載っている。ふたりで少し読んで、これはかわいい色のボールペンを買うとはかどるのではと文房具店へ。パステルカラーのボールペンがたくさんある。おおお、これはいい。あれこれ選んで買った。かわいい色のボールペン、自分のためだと買う気にならないが娘となら浮かれる。

レジに並んで会計を待っていると、前の人がレジの荷台にスマホと財布を忘れていった。

あわてて店員さんと一緒に大声で呼ぶ。わっ！ とそのお客さんは声を上げながら戻って受け取った。よかった。自分のことのように嬉しいというのは、相手との親密度にかかわらず、こういうとっさのシーンで発生する感情なんじゃないか。

帰ると作文教室の先生からぶ厚い封書が届いていた。日記の感想を今回は手紙で送ってくれたらしい。先生と息子は仲が良いんだろうなと、なんとなく思った。

夜はおでんにした。食べながら「楽しい一日だったなー」と声が出た。

こういうものなんだからとだまっていた

10月23日（水）

早く起きて社会科見学に行く息子に弁当を作る。ジップロックの、コンテナーと呼ばれる四角い容器を弁当箱代わりにしている。おにぎりとウインナーと卵焼きとあれこれ詰めた。

それから朝のパンを焼こうとすると、食パンが変な形だ。そうだ、きのうスーパーから持って帰ってくるときリュックに無理やり入れたらつぶれて曲がってしまったのだ。形が整わない食べ物を食べるのはむしろ好きだ。

安く売られるわけあり品が人気だと聞く。あれは「正規品よりも形が悪いため安い」から買うのはもちろん「正規品よりも形が悪い」ものを食べること自体に興奮があるからじゃないか。

曲がったパンを曲がったまま焼いて、息子は食べてさっさと出かけていき、私は娘とゆっくり食べた。

娘も学校へ。私も仕事。会議がありみんなでもみじ饅頭を食べた。うまい。終えて帰ると息子も帰ってきた。社会科見学どうだったんだい、と聞くと、おー、とのこと。

現地までは電車移動だと聞いていた。行程表を見ると行きはまだ通勤通学ラッシュが抜けきらない時間だったから心配していたが、子どもがひとつのドアに数人ずつ細かく分乗して問題なく移動できたそうだ。周りの大人や学生さんたちはみなあたたかく見守ってくれ、息子いわく「ファーブルが昆虫を見るときのようなやさしい目」だったそうだ。よかったなあ。きみらが謙虚だったからだろうと言った。それにしてもファーブル急に出てきたな。

娘も帰ってきた。口をぱくぱくさせている。しばらくして「ただいま」と言うので、今のなんだったの？と聞くと「声を出さずに五十音の口の形をしていたんだよ」とのことだ。それから娘は、ぎりぎりのぎりぎりまで削った赤青鉛筆を見せてくれた。赤の部分は完全に使い切り、頭とお尻がどっちも青で全長がもはや3センチくらいになっている。

夜はタコのマリネを作ったがすっぱくしすぎた。私と息子は静かに食べたが、娘がしばらくして「すっぱくてちょっともう食べられない」と言い、それで私もやっぱりそうだよね!? と素直になることができた。マリネだからすっぱいのは当たり前だ、こういうものなんだからとだまっていたが、これはすっぱすぎだ。

伝えたい豆知識があるんだ

10月28日（月）

おお……朝がきたな……新しい朝がきたな。

おとといの土曜、きのうの日曜と両日イベント仕事で、がんばろう！ と数週間前から覚悟していた。それが終わったのだ。大きな仕事が終わっても、生きているから次の朝がくる。人生が続くことは、心の準備をした大きな出来事が終わった翌朝に実感する。

起きてパンを焼いていると息子も起きてきてきのう作ったという自作のピタゴラスイッチ的な装置の挙動を見せてくれた。俺のピタゴラ装置はだいたい失敗して思った通りに動かない、でもちゃんと動けばすごい、とのことだ。人生のようだ。

娘も起き出した。パンを食べた。子どもたちは学校へ行き、2日間子どもの面倒を見るためにやってきた、普段は山間で野菜などを作り生活している子らの父は山へ帰っていった。山から持ってきた大根やさつまいもや里芋を置いていってくれた。ありがたいことだ。

私も仕事。普段より早めに上がって帰って疲れてたまらず昼寝する。

ぼりぼり聞こえて目を開けると息子がフルーツグラノーラを食べている。学校が終わって帰ってきたらしい。食べ終え塾に行った。

娘も帰ってきて公文へ行くのだが、行きがけに「クラスのみんなは仲がいいんだけど、たまに意見が合わないことがあるんだ」と言う。おや、なにか悩みかな？と思ってうん、と聞いていると「そういうときは最後はじゃんけんでどうするかを決めるんだよ。じゃんけんが最終手段なの」と、言い残してサッと自転車にまたがり走っていった。悩みではなく最終手段が何かを教えてくれたのか。

スーパーに晩ごはんの買い出しに行く。えびが安かったから買った。粉をまぶして味をつけて揚げ焼きにして、帰ってきた娘と食べた。

娘は寝る前に、好きなぬいぐるみをたくさん集めて車座に置いて、お母さんしゃべらせて、と言うので声をあてて会議のショートコントをやる。

息子から電話がかかってきた。塾が終わったんだな。電話をとると、今から帰ると、いつもだったらそれですぐに切るのだけど、ちょっと待って！と言う。

「伝えたい豆知識があるんだけど」

伊達めがねの伊達は伊達政宗が由来といわれているそうだよ、と教えてくれた。

別れのメールをローマ字で書いた

10月31日（木）

前者と後者、どっちがいい？と娘に聞かれた。「前者が何で後者は何なの？」と言うと、いや、ただ、前者と後者、とのこと。前を行くのは怖いから後のほうがいいかと思い「後者」と答えた。すると娘は「私は中者」と言う。ずるい！

子どもらは学校へ行き私も仕事。わっせわっせとやって終えた。

帰途、自宅の最寄駅から続く商店街でハロウィンのイベントをやっているようだ。小さな子どもたちがいろいろな仮装をして商店をたずね歩いている。かぼちゃのちょうちんのぶら下がった店ではこの日、子どものお客さんにお菓子をあげますとポスターに書いてあった。お姫様やおばけの仮装をした子どもたちが小さな紙袋をもってお菓子をもらって歩いていて、よかったねえという気持ちの高まりがすごい。

商店街に古い不動産屋がある。あたりにはほかにも数軒不動産屋があるが、ここだけはおもてに不動産情報を張り出さない。もう営業していないのだろうと思っていたのが、なんとこの日は扉が開いて、なかでおじいさんが子どもたちにお菓子を配っていた。

ここ、やってんだ！

この街に10年以上住んで、はじめて戸が開いているのを見た。あの不動産屋が動くくらいなのだからさすがにうちでもハロウィンを祝わねばいけないのではという気持ちになり、スーパーでかぼちゃプリンを買って帰った。

カレーを作っていると娘も帰ってきた。カレーを食べて、かぼちゃプリンも食べた。

食後、娘はバレエの『ドン・キホーテ』について調べてノートにまとめはじめた。バレエを習っている子どもたちのあいだで演目をノートにまとめるのが流行っているのだそうだ。登場人物の名前を全部ローマ字で書いている。「スペイン語じゃなくていいの？」と聞くがいいいんだそう。

10代のころ、付き合っていた人がアメリカに留学した。まだパソコンが普及しきっておらず恋人は留学先の学校のパソコンを使って、日本語が打てないというそのパソコンでローマ字でメールを送ってきた。私もローマ字で返した（日本語が表示できないとかそういう都合だった気がする）。そのうちメールの誤字が多いとローマ字で怒られ、私もローマ字で怒りだしけんかになってローマ字のメールで別れた。思い出した。

息子も帰ってきた。カレーを出して、余ったカレーはタッパーに詰めて冷蔵庫に入れた。明日の朝はこのカレーを食パンにぬって食べよう。実家では翌朝のカレーはけっして温めるなという父のこだわりがあった。いつ思い出しても、温めた方がおいしいのにと思う。

同じ家に同じ気持ちの人がいる

11月11日（月）

玄関にピンポン玉くらいの大きさの緑の球が落ちている。拾い上げると何かの実だ。なんだろうこれ。学校に行くべく子どもたちはおのおのランドセルを背負わんとしている。「みどりの実を持って帰ってきた人！」と聞くと、娘が「はい！」と手を挙げた。塗ったような色がきれいで、靴箱の上に置いてかざった。捨てるのがしのびないときに私はよくかざる。息子がまだ1歳か2歳くらいのころの動画に、寝る前に本を読み終わったあと「かざっとく」と言って枕元に本を雑に置く様子が映ったものが残っている。私たちは「かざる」ということばを使って実は放置することに免罪を感じている。

子どもらは学校へ行き、私も仕事。

打ち合わせがあり渋谷の歩道橋を歩いていると向こうから小さな男の子とお母さんらしき女性が走ってきてふたりで「あった！　あったよ！」と言った。振り返ると道にひょろっと袋が落ちていて、親子はよかったよかったと拾う。同時に歩道橋の下をわんわん消防車が数台走っていった。

とどこおりなく仕事を終え帰宅するころ、息子から電話がかかってきた。塾に行こうとして気づいたんだけど、服に血が付いてるんだという。けがはしていないし、学校でけがが人が出るようなこともなかったし、なのになんで血が付いているのか不安だと。脱いだものをあとで見ておくから、よく体を調べて大丈夫だったら着替えて行きな、と伝えた。帰ると息子の長そでが居間に広げて置いてあった。「↑ここに血がついてます」と書いたふせんが貼られている。血はかすかなものでとりあえずは安心。しかしなんだろう。さくれからの出血に気づかなかったとか、そういうのだろうか。

そのうち娘が帰ってきて、手羽元を煮て食べた。食後、娘は「ずっと気になっていた」と言って、納戸にめちゃくちゃに納めていた公文のプリントを空き箱に片づけて自分のロッカーに入れた。納戸のプリント、私も気になっていたんだ。片づかない状態を見て片づけなくちゃと思う人が同じ家に私のほかにいることがとても心強い。こういうことは、複数人の家でひとり感じていると孤独なものだ。

娘が寝るころ、息子が塾から帰ってきた。

いい知らせがありますよ、と言って学校で抜けた歯を見せてくれた。大きな奥歯だ。担任の先生が「良い歯が生えますように」と書いた紙につつんでくださって、うれしくて紙はかざった。

息子が寝るころ私も早々に寝る。夜の気温が日々低くなっていくのを、布団に入ると感じる。毛布がなかなかあたたまらない。もぞもぞしながら息子の寝息が聞こえだしたころ、はっとした。

服に付いた血、歯が抜けたときに出た血じゃん？

腐りゆくのを見るのがいやで腐る前に捨てた

12月6日（金）

保有する食べ物が腐りゆくほどの恐怖があるだろうか。

先日冷蔵庫が故障した。故障判明後すぐ、まだ冷静さを欠いたころ、腐るのを見るのがしのびなくてまだ冷えたうちにいくつかの要冷蔵品を捨てたのだった。腐ってから仕方なく捨てるのではなく、腐るのを見るのがいやで捨ててしまった。ものすごく人間らしい行動だったと思う。

起きて台所にいくと新しい冷蔵庫から「ブーン」と聞こえる。冷蔵された、これがハムだ！　そして、ヤクルトのジェネリックのやつ！　さらにこれが冷凍された食パンだ！　冷蔵庫があるありがたみに改めて感じ入る。

気持ちも強く朝食を用意、子どもらとむぐむぐ食べてそれぞれの持ち場へ散る。私は会社へ。

事務所に到着してすぐ、ＰＣのＡＣアダプタを自宅に忘れたことに気づいた。充電は残り5パーセントで息も絶え絶え、もうだめだという段になり同型のＰＣを使う同僚があらわれ借りて事なきを得る。冷蔵庫もＡＣアダプタも、ないとまるで生きる時間が立ち行かない。

終えて帰宅。息子も帰ってきた。息子は最近、居間に自分の勉強机を作った。小テーブルを壁に向かってくっつけて設置し、マスキングテープに「おれのつくえ」と書いて壁に貼ったのだ。私も娘も「おれのつくえなんだな……」と理解して、息子の勉強机は誕生した。実効支配といってもいい。思えば息子がそれまでどこで勉強していたかというと、台所の食卓でなんとなくとか、床でとか、居間のちゃぶ台で、みたいな感じで遊牧民のようだった。移動型から定住型に変わった人類これか。

娘も帰宅し晩ごはん。

食後、娘がトランプの修行をしている。ふたりでやるゲームをひとり二役でやるというもの。目が真剣なのが修行の感を強くしている。

いっぽう息子は「おれのつくえ」に集中して向かっていた。感心してなにをやっているのかなと見たら迷路を書いている。

それは個人の感想だろう

12月8日（日）

古新聞をひもでまとめるときはいつも祖母におそわったひもの掛け方で結ぶ。あらかじめ床に輪の状態でひもを置き、その上に新聞紙を乗せて結ぶ方法だ。思い出のこの結び方を、祖母はテレビ番組の『伊東家の食卓』で知ったと言っていた。今日もきれいに古新聞はまとまった。

朝から息子にどうかと考えている私立中学の説明会に行く。息子と、あとひまな娘もついてきた。子どもの休日には、親についていく、という時間がある。自分には用がないのにただついていく。なんの責任もない、いい時間だと思う。娘は説明を聞く私のとなりでまんがを読んでもう一冊まんがを読んで、それからタブレットでゲームをした。

終えて帰宅。昼ごはんを適当に済ませて、午後は娘とふたり買い物に出かける。必要なものをすべて買い、ファンシー文具のコーナーでふせんをながめた。最後に薬局へ。バーコード払いで使える200円クーポンを持っているのを思い出し、買い物リストにある化粧下地をここで買うことにした。

レジでクーポンを出して、そういえばこの薬局の10パーセント割引券も持っているな……と思って出すと、この券は２０００円以上買わないと使えないのですと言われる。

「じゃ今はいいです」「でもこの券、今日までですよ」

そうか……。そういえば入浴剤と歯磨き粉が切れそうだったな。いったん会計をキャンセルさせてもらって入浴剤と歯磨き粉をかごに入れる。それから、おお、普段から飲んでいるサプリメントが1割増量中だ。棚を見ると、１割増量中の袋はあと2個しかない。２個ともかごに入れた。よし、と会計。２０００円をちょうど超えるくらいの買い物になった。しかし会計後たいして安くなっていないのでおやとレシートを見ると、10パーセント引きになっているのは買った商品のなかでいちばん高い一品のみだった。総額から10パーセント引きなのではなく、いちばん高い商品から10パーセント引きという券だったのだ。

２００円クーポンは使えたし、１割増量のサプリメントも買えたし、一品は10パーセント引きになったが、当初払う金額の倍以上払ってしまい行動経済学に「やーい、やーい」と言われそうな結果になった。

人生をかみしめながら帰宅。するとしばらくして宅配便で親戚から冷凍のカニが届いた。や……やったー！　おーい行動経済学よ！　わたしはカニを得たぞ！

カニは大事にとっておいて、今夜はアジを焼く。

娘は最近、お碗のごはんを自分でおにぎりにして食べる。今日はにぎりながらものすごくいい気の顔をして息子を見るので私も息子も笑ってしまった。おにぎりがうれしいのは分かるがそんなドヤ顔で兄を見るか。

息子も食後にとっておいたプリンを食べてドヤ顔で返すが、プリンがそれほど好きではない娘に「プリンべつにうらやましくないけど。苦いじゃん」と言われ「それは個人の感想だろう!」と怒っていた。

氷を揉み溶かしとがらせる

12月18日(水)

あと5分作戦を導入してから寝起きの悪い娘を起こしやすくなった。

最初に起こすとふにゃふにゃ言う、そこで「あと5分?」と聞くと首を縦に振るので本当に5分待ってから起こす。すると起きる。

寝坊の人の「あと5分」はだいたい嘘だろう。しかし娘はまだ若く「あと5分」と言いながら5分以上寝る自由を知らないのだ。

ちかごろ朝食にハムではなくソーセージを出しているから子どもたちも私も機嫌が良い。ただ、毎日ソーセージにしてしまうとありがたみが薄れる。一袋食べ切ったところでまたハムに戻すつもりでいる。

子どもたちは学校へ。私も仕事。

終えてからあげとコロッケを買って帰った。みそ汁と簡単なサラダだけ作って、あといただきもののたらこを焼いてごはん。

コロッケは3個、からあげは4個ある。とりあえずひとりひとつずつ皿に分けた。シンクに置いてある残りのからあげを見つけた娘があれはどうするのかと聞く。お腹に余力のある人が食べたらいいんじゃないかなと言い終わるやいなや「私食べる」と手を挙げた。息子も遅れて「俺も食べる」。じゃあ半分ずつだね。娘と息子は一瞬にらみあい、それから普通に配膳された食事をとった。ふたりとも持ち分を食べ終わって、私は注意深く半分にからあげを切る。選ばせず有無を言わさず両者の皿に置いた。

「よし……」

皿に置かれたからあげを見て娘が小声で言うので笑ってしまった。マウントをとるなよ！　息子も真似して「よし……」と言って、またにらみあいながらふたりは半分のからあげを食べたのだった。

夜になり娘が寝つき、息子はなにをと見ると台所の流しに向かっている。手元には氷を持っており、どうやら氷を揉んでいるようだ。氷を揉み溶かし、とがらせている。

「見て！」と、とがった氷を見せてくれた。「熱の伝導を体感するなあ」としみじみした様子だ。その後も息子は面白がって氷を揉んで溶かし続け、私は本を読んだ。

はっと顔を上げると息子が目の前にいる。

「お母さん、握手しよう」

手を握ると冷たい。息子は笑って去った。

こっそり水道水を飲む

12月20日（金）

息子を心配して起きた。昨晩すごくねむいと言って塾からいつもより早めに帰ってきて、ねむいねむいねむいとめしを食い、ねむいねむいと寝たのだ。

大丈夫？と起こすと、大丈夫だよ、と起きてきた。よかった。体調不良などではなく、本当に純粋に眠かったのか。

水を飲んだ。

実は最近、水道水を飲んでいる。こっそり隠れる気分でそうしている。

子どもが生まれてからカートリッジで水道水を濾《こ》すタイプの浄水器を使って10年やってきたが、最近カートリッジが切れたところで、なにか、力が尽きるのを感じ追加で購入するのをやめてしまった。以来、私にとって水といえば水道水を指す。堂々と飲んだって何の問題もないが、恥じる気持ちが可笑しくてこっそり飲んでいる。

子どもらは学校へ。私も仕事。

打ち合わせがあり普段行かない街へ行った。少し時間があり喫茶店を探すとベローチェが目に入り、かなり大きい。ベローチェは広い店舗が多い。多くのドトールが狭いことを思うと広さにいつも感じ入る。この店舗は、中に入るとさらに奥が広かった。体育館くらいあるんじゃないか？　思いがあふれちょうどＬＩＮＥでやりとりしていた友人に、いま来たベローチェ、めちゃめちゃ広いよ！と送った。

広さを堪能しきり、それから打ち合わせをして終えて帰る。

ミートソースの缶詰で夜はスパゲティにした。ミートソースの缶とカットトマトの缶をフライパンにあけて、少し砂糖を混ぜて熱したものを私は「ミートソース」と呼んでいる。やわらかめにゆでたスパゲティの上にかけて、とろけるスライスチーズを乗せて、帰ってきた子どもたちと食べた。

食後、娘はクレパスのケースを掃除していた。娘は持ち物に情熱的なたちで、すぐぼろぼろにしてしまう。クレパスは小学校に入学したときに買ったものだがすぐ全部真っ二つに折って、すべての色を使ってケースをぐりぐりにぬりつぶした。発散的でかっこよかったが、ぬった部分をていねいにぬぐい落としている。

そのとなりで息子は社会科の参考書を感情をこめて読み上げた。

「城下町……戦国大名が、家臣や商工業者を城を中心に集めて住まわせかたちづくった、計画的につくられた都市」

淡々とした文章に情感が宿り、こちらも胸を熱くし聞きいった。

金曜の夜だ。風呂に入ったあと食卓でビールを飲んだ。ベビースターをあけると子どもたちが集まってきた。みんなでベビースターを食べた。娘は冷蔵庫から海苔も出してきてかじった。息子はそこいらにあった万華鏡を手に取りのぞいている。

背負ったネギが夕日を受けて輝く

12月21日（土）

息子と私はきのうシュークリームを食べた。

会社からの帰り道に人数分3つ買って、家につくやいなや食べ、そのあと帰ってきた息子もすぐに食べた。娘だけ帰宅が遅く、すすめそびれて朝になった。

朝ごはんを食べたあと娘にシュークリームあるよ、と言うと「えっ⁉」と目が1ミリくらい縦に開いて急に真剣になったのがすごくよかった。

シュークリームを食べてひとやすみした娘は近所の作文教室が主催する書道の稽古へ。掃除など家事をして、ぼやぼや暖を取るうちに娘はもう帰宅、「お正月」と書いたのを見せてくれた。お正月が来るんだなあ。

昼はうどんを食べて息子は塾へ行き、私は娘と一緒にバレエの稽古場に行く。

娘の通うバレエ教室は年に一度、稽古の様子を見学させてくれる。シャッセ、とか、タンジュ、とかやっていて、私は踊りは好きだがクラシックバレエの用語にはまるで詳しくないからまさに見て学んで、見学であった。

こういう稽古ごとの先生は先生らしくあることが先生としての条件のひとつだと思う。いかにも慣れた様子で堂々とふるまうのがきっと大切なのだ。私のような本質を見破れぬ素人にとってはそれがすべてといってもいい。その点で娘のバレエの先生は百点満点だった。こざっぱりとして威厳があり指示出しの緩急がいかにもそれらしい。堪能した。

娘はずいぶん上達しており、それに楽しそうでなによりだ。

帰りに遠回りをして大きめのスーパーに寄った。娘のリクエストでバウムクーヘンと、あとはネギが安かったので買う。かごのついていない自転車での移動でネギはリュックに差して帰った。後ろから自転車でついてくる娘に、ネギが夕日を受けて輝いていると言われ誇らしい。

帰ってお茶を入れてバウムクーヘンを食べた。娘は層の部分をぴりぴりはがして食べ、私は大人だから層を意識せずがぶっと食べた。

それから娘は学校の宿題の作文にとりかかった。まんが『暗殺教室』の感想文を集中して書いていた。

夜になり息子も塾から帰宅、豚汁の晩ごはん。

息子は年明けに私立の中学校を数校受けてみようかということになった。塾の先生と息子と話して、受かる受からないではなく人生経験としてひとつ、みたいなことでそうした。知らなかったのだが、私立の中学校を受験するために小学校を休んでも、欠席扱いにならないのだそうだ。

「え、受験の日は学校休めるの？」と話を聞いた娘が言う。そうだよ、学校に行かずに、中学校に行って試験を受けるんだよ。

「それで？ 試験終わって帰ってきたらどうするの？ お菓子とか食べるの？」

お菓子とか……。

入試を終え息子と私で神妙にお菓子を食べているところを想像して笑ってしまった。

そうだねえ、食べるんだろうなあ、お菓子。

2020年

私いまかなりドラえもんっぽいことになってないか

1月29日（水）

こう室内が寒くては育つものも育つまいと思いながら、でもそのまま捨てるのもしのびなく、念のためくらいの気持ちで水につけておいた豆苗がいっきに伸びた。

ベランダの物干し竿に干した洗濯物のバスタオルから湯気が出ている。

含み損がふくらみすぎてあきらめていた株に買い戻しが入った。

外気の暖かさよ。春は近い。

子どもらは薄手の上着で学校へ行った。私も仕事。終えて帰り際に肉を買った。

娘が帰ってきて、普段は玄関の近くですぐにランドセルを降ろすのだが今日は背負ったまま居間まで走ってやってきた。

「おかあさ〜〜〜〜〜ん」

学童でイベントがあり、景品つきのゲームをみんなでやったが気に入った景品が取れなかったそうだ。圧倒的にやむを得ないことだと思うのだが、参加したほかの子たちがそれなりに満足いく景品をもらえているのに自分はもらえなかったのが悔しかったと説明しながら泣く。私もそれが欲しいですって素直に言えたらよかったね、と助言してみたが、状況もよくわからず基本的にはなだめるしかない。友達がもらった景品は女性誌の付録だったそうだ。おそらく町会からの寄付品だろう。ん？ そうだ……！

「メルカリ〜〜！」雑誌の付録だったらメルカリにあるかもね、メルカリってほんとなんでも売ってるんだよ。探してみようか。探すと、娘が欲しかったものがなんとあった。買った。

欲しいというものをすぐに買い与えるのには迷いもあるが、状況的に「私いまかなりドラえもんっぽいことになってないか」と思ったのでよしとしてしまった。諦めることについても話しておいた。

娘は元気を取り戻し「かきのか、かきのき、かきのく、かきのけ、かきのこ」って早口をさっきみんなで考えたんだよと言っていた。

焼いた肉を食べた。息子も帰ってきた。

息子の中学受験の日が近づきちかごろ私はずっと緊張している。今日重めの風邪をひい

たらどうしよう、明日骨折したらどうしよう。それで、試験の合否にかかわらず
・病気やけがなどアクシデントがあり受験できなかった場合は仕方がないので合格
・試験中緊張しすぎても会場でもらさなければ合格
・試験中もらしてしまっても、突然の体調不良であれば合格
・おもらしするほど緊張したその気持ちもくみたいので体調不良が理由でなくても合格
と、こういうことに決めた。

息子は平常心でいる。

もしかして楽しかったの？

2月1日（土）

息子の身を不必要に案じすぎて眠れない夜になったが明け方にカーっと寝て目覚ましで起きた。

がばっ！息子よ！生きているのか！

生きていた。「どうなの、元気なの」「うん、元気」

今日から息子の中学受験がはじまる。私は息子の今日までの無事が心配で気が気ではない日々だったが、そうか、元気か！

ほっ。

というわけでほっとして、以上、息子の中学受験は終了、合格だ。よくぞここまで元気でけがもなくいてくれた。本当にね、合格合格、大合格、さ、飲みいこっか！

そういう気分なのだが違うのだった。試験を受けねばならない。

ふたり静かに起きだし支度をした。しばらくして、普段は山で暮らす子どもらの父親がやってきた。息子を激励するために山からおりてきたのだ。

よもぎ大福と干し芋と葉っぱにくるんだ押し寿司など山の幸をどっさり持ってきてくれた。なんとありがたいことか。

息子は父を迎えつつ塾の先生からの「試験当日の朝やること」リストにしたがい粛々と行動していた。乾布摩擦をしたり腹筋したり、いろいろやることがある。リストには洗面器に顔をつけてぶくぶくする謎の儀式もあって、息子は取り組んで終えた。心を落ち着かせる効果があるらしい。独特な指導をする先生なのだ。

朝ごはんには納豆を食べよというこれも先生からのアドバイスで納豆ごはんを出すと、息子は納豆の上にからしで「$」と書いていた。

ドル。

落ち着いているなと思っていたが、それなりに訳が分からなくなっている部分もあるのかもしれない。

私も納豆ごはんを食べた。食べながら、子らの父から最近の山の情勢を聞く。近隣にしめ縄の職人さんがやってきて君もしめ縄職人への道を歩まないかと誘われているそうだ。「もしかしたらしめ縄をなうことになるかもしれない」と言っていた。多様な未来を感じる。

まだ寝ている娘を父に託し息子と家を出た。冷たく締まった空気だった。「目がカッとするな」と息子。

道中、緊張しているのかしていないのかよくわからないと息子は話した。「お母さんはどんなとき緊張する？」

準備不足だと気づいたときには焦って緊張する。あとは準備万端であれも達成したいこれも達成したいと発揮したい意欲でバツバツになったときも緊張する、と答えた。「緊張するとわかりやすくごはんが食べられなくなるな。のどがつかえるよ。それであ緊張してるんだなって気づくかな」

息子は「そうか～」と言った。あまり緊張した様子ではない。

そうして、そのまま試験会場に入っていった。

自分でも想像していた以上に、息子が行ってしまうともうやることがない。思い立って二子玉川で行われている「本屋博」に行った。

気概のある書店が集まった催事で、大変な賑わいだ。歩いているだけでばんばん本が、まさに飛ぶように売れていっているのがわかる。

韓国の本を専門に扱う神保町の「CHEKCCORI」というブックカフェのブースでクォン・ヨソン『春の宵』を買った。ブースにいらしたスタッフさんに「チョン・セランの『フィフティ・ピープル』がすごく良かったのでその次に読むのに何か良いものはありませんか」と聞いたところすすめてくれた。

外国の文学を、詳しい方に推薦してもらって買えるのはとても助かる。帯に「切ないまでの愛と絶望」や「はかなくかなしい」といった私が避けてしまいがちなホットでセンセーショナルな文言があり、自分ではおそらく買わなかっただろう本だ。

ピナ・バウシュのことを、むきだしの魂や情熱・情念といった感情的なワードで紹介した文章を読んで長く興味を持たずにいた。一度観たらその情念は冷静なポップでしっかりコーティングされていて最高で、最初からちゃんと調べるか人に聞いておけばよかったと長く後悔している。それを思い出した。

すっかり気持ちが息子の受験から切り替わってしまった。いくらでもいられるなと思いながら息子を迎えに戻る。

途中まだ少し時間があり喫茶店で焼き菓子を買ったが、買うだけ買って食べる気がしない。ああ緊張しているんだ。のどがつかえるんだ。

試験を終えた息子はすっと出てきた。凡ミスをして悔しい思いをして自信がないというから、最高の経験だよと元気づけた。「ミスをした」と言いながら息子はずいぶん胸をひらいてしっかり立っていて、顔色もいい。

「もしかして楽しかったの？」と聞いた。

「楽しかったよ」とのこと。

午後も別の学校に行って試験。今度は会場で待った。待合室ではキットカットが食べ放題であった。お母さんも楽しいよ。

帰ってみんなで息子をねぎらい、父が山から持ってきた葉っぱにくるんだ寿司を食べた。

『春の宵』がすばらしい。細かいところに染み入る共感が描かれたなと思ったら、見たことのない異文化のコミュニケーションの機微があらわれる。

3月5日（木）

くれぐれも家を燃やさないように

寝ている娘を起こすと布団の中から「チョイストーリー……」と聞こえた。なんて？

「チョイストーリー」

「トイストーリー？」

「チョイストーリー」

「なにそれ」

「ちょっとした物語、チョイストーリー」

いったん起こすのをあきらめた。

息子は早起きして学校の宿題をしていたが、朝ごはんの支度をする背後から

「マジックをお見せしよう」とやってきて、2色ボールペンの色を瞬時にかえるという技を見せてくれた。

のだが、いかんせんペン先のほんのわずかな色の違いを感じ取らねばならないので驚きにくい。「……すごいね」くらいの感じになってしまった。

新型コロナウイルス感染症対策で一斉休校となり4日経つ。娘は学童へ。私は仕事。息子は自宅で留守番の日。息子のクラスでは休校に入る前の最終登校日に先生から言われた最後のことばが

「くれぐれも家を燃やさないように」

だったそうだ。休校で留守番の子が多くなるだろうことを踏まえてのあたたかいことば。先生、まったく、本当にそのとおりですね！

図書館にだけ行きたいと言うから、はっとして、4月には中学に上がるのだからもう児童書じゃなくてその奥の中高生のコーナーに行ってみたら？と伝える。「ヤングアダルト」のコーナーだ。図書館でしか見ないことば、ＹＡ。息子は「あそこは高校生がすごい

勢いで勉強してるからちょっと怖いんだよな……」と言う。図書館で勉強してる人たちの集中力すごいものなあ。

撮影など終えて帰宅。風の強い日であおられまくった。風は体を吹き抜けるたびに体力を奪う。疲れて、スーパーで袋入りのドーナツを買い、帰るなり飲むように2個食べる。

図書館から帰宅していた息子にも1個だけ与えた。私だけがこっそり2個食べた。

晩は娘に冷凍餃子の焼き方を教えるという名目で冷凍餃子にする。娘はパッケージの説明を見て上手に焼いていたが最後、皿にぱかっと移すところだけは怖がり交代した。うまくやって娘にほめられた。

食べてから、あれこれの気がかりを思い出しぼんやりしていた。すると息子が、俺に全体重を預けてみないかと言う。

真後ろにスッと倒れていくと、息子が押さえた。「お兄ちゃん！ 靴下ぬいだほうがいい！」娘が言い、息子は私の背中を押さえながら足で靴下をぬぎ床との摩擦を確保した。

完全に脱力した状態で支えられゆかいだ。

カーっとした量のハンドクリーム

3月6日(金)

ああ、米大統領選くらいしか楽しみがない。そう言うと息子に「メルカリがあるじゃん、あと株は?」と言われる。いま株のことを言うなんて! ここのところ感染症への不安からどれだけ相場が荒れてるか! ニュースで観て知っているだろう! お母さんがきみの彼女だったら長文のLINEでキレてるぞ。彼女じゃなくてよかったなお母さんでよかったな!

流していたラジオの話題が、その米大統領選の話題から急に柿ピーの柿とピーのバランスの話に移った。息子が柿ピーはべたべたするから嫌だと言う。言われてみればたしかに柿ピーはときにべたべたする。

娘が鼻血を出して起きた。圧迫止血してから念のため鼻にティッシュをつめてやる。娘は鼻にティッシュをつめた状態でヤクルトを飲もうとし「ヤクルトに鼻ポン(鼻につめるティッシュのことをこの辺りの小学校、学童ではこのように呼ぶ)がつかないようにお母さんみてて」と言われ、見た。

鼻につめたティッシュがヤクルトにつかないか見張る係。

いろいろな仕事がある。

無事にヤクルトを飲み終え完全に鼻血も止まった娘が、鼻息で鼻ポン飛ばせるかな？と言うから、それはぜひやってみてよ！　と頼んだ。娘は「フン！」と鼻息を強く吐いたが飛ばすには風圧が足らなかった。

子どもらは自宅学習。私は仕事。

終えて買い物に行き卵と豆腐と納豆を買って帰宅。卵と豆腐と納豆を買い続ける日々だ。

息子の自宅学習が不安になり先日通信教材を申し込んだところ、小型のダンボール箱でドーンと教材が届いた。月に数冊ずつ届くものだと思っていたのだが違うのか⁉　大慌てで中を確認するが何がなんなのかぜんぜんわからず茫然とする。

息子に、なんかすごいたくさん届いたんだけど……と言うと「俺は……俺はやらないよ……」と言われてしまった。いや、たしかにこれはやらないよな……。そっとダンボールを閉じた。あとで落ち着いて見よう。

娘が鉛筆削り器が爆発寸前だよ〜！　とやってきて、置き型の鉛筆削り器の削りかすの収納部分がパンパンだ。袋の中で引きだすと、バーンと破裂するように削りかすが袋に出た。

夜になり子どもたちと実家へ。手がかさかさなんだけどと言うと母が「これすごく良いってもらったやつ」とハンドクリームを貸してくれた。私が塗っているところを見て母は「そんな量じゃだめ！ ハンドクリームは人差し指1本分くらい、カーっと出さなくちゃいけないってテレビでやってたよ！」と言い、カーっとした量を手の甲に出してくれた。

ぬめぬめになった手をぶらぶらさせて私は仲の良い友人に会いに出かけた。

あれこれ思いの丈をしゃべりまくった。いろいろ分かってもらえて手ごたえを得る。

帰りにドン・キホーテに寄った。さっき母が貸してくれたハンドクリームがあって、1300円した。

ここに真の卒業がある

3月24日（火）

息子は起きてすぐ着替えてしまった。今日は卒業式できれいなシャツを着る。着替えは朝食後がよかったが進言しそびれた。「おそるおそる食べて」と頼んで朝ごはん。

息子はきちっとしたかっこうがはずかしいと隠すようにパーカーを着てジッパーを首元ぎりぎりまで上げ、何も入っていない手提げ袋だけさげて出て行った。手提げ袋は小学校入学のときに買ったものだ。6年使い続けた。

娘も起きてきて、私も着替えてわあわあと支度。

祖母の形見の真珠の首飾りをつけると一粒一粒が首に当たってひどく冷たい。「つめて～！」と声が出た。

娘に出られる？と聞くと「準備ばんぺいゅ」とのこと。連れ立って出た。

娘を学童クラブへあずけ、普段は山に暮らす子らの父と合流して学校へ。卒業式は予定通り体育館で、でも基本マスク着用、全窓と戸をフルオープンにして、参加者のパイプ椅子をできるだけ離して設置する措置をとりながら行われた。

女の子は半分くらいが袴《はかま》を着ている。マスク着用にパンクスの風情があり期せずしたかっこよさ。

校長先生からの講話では、寿司職人の修行はあっつあつのおしぼりを絞らねばならずこれが尋常でなくきつい、というお話があった。そうなのか……。100℃近くあるらしい。それは熱いな……。それから、中止になってしまった在校生とのお別れ会で演奏する予定だった合奏をやって式は終わった。

在校生と来賓不在の式だったけれどコンパクトななかに先生たちの、でもしっかり送るから！大丈夫だから！という気概が感じられた。校長先生の胸元のコサージュも頭の大きさくらいあって気合がこもっていた。

卒業生が退場すると合奏で使ったドラムセットがステージに残され、掲揚された国旗やステージに飾られた花とあいまって見たことのない珍しい光景で良かった。

しかしそうかこれで息子の小学校生活は終わるんだな。この実感のなさは式が短縮版だから感じたのではない。式が通常のものだとしても実感はきっとない。だって6年通ったのだ。

校庭でみんなと写真を撮るなどして帰り、自宅でしずかに賞味期限の切れたうどんをゆでてすすった。父は山へ戻っていった。

私は午後も会社に休みをもらっており、息子に買ったスマホを設定したり娘の塾の手続きをしてすごす。借りたものを返すんだと友達に会ってきた息子が「今日あいつの家はすき焼きらしい」と言うものだから「うちは寿司にしよう」と対抗した。

夜になり寿司を食べた。

息子が「からし……だっけ？　わさびだっけ？」と言うが寿司なのでわさびのことだろう。食後はキャラメルを白いつつみ紙ごと食べてしまい口から出していて、ボンタンアメのようなオブラートだと思ったらしい。小学校を卒業してもまだ知らないことが多い。

小学校最後の通信簿が息子にしては大変な好成績で、嬉しいことなのにもやもやし、なぜか考えたがそれは卒業してしまうのがもったいないという心理ではないか。

物持ちよく使った手提げが玄関に置いてある。小学生らしいかわいらしい柄で、まだ使えるが息子はきっともう使わない。小学生だから使っていたのだ。ここに真の卒業があるなと思った。実感があった。

よくない予感を共有する

4月30日（木）

体重の記録アプリを入れて3日目になり、早くも3日分の体重がグラフで示され感じ入る。日々の記録は取りだすとおどろくほどすぐたまる。

今日も人々はそれぞれに仕事。息子は中学校から百人一首をぜんぶ暗記する宿題が出たらしい。ふるえて暗記用の本をネットで買った。私はそういった教養が一切ない。本になんとかしてもらうしかないし、私の分まで息子よどうかよく覚えてほしい。

いっぽう娘の学習も不安が大きい。あれこれやるべきことはあるはずなのだが、うまく時間が回せていないようだ。趣味のアニメ視聴は勝手にがぜん効率的にすすめており、どうやら3作品を並行視聴している。

なにを観たかノートにタイトルだけでも書いておけばとすすめると、ずいぶん前に見た一作について監督の名前や声優の名前をタブレットで調べて書いたものの、それで満足して飽きたか一作分1ページだけで終わってしまったらしい。

なんとなく始めたラジオ体操が続いていて今日も3人でやる。暑い日で汗が出て、急に「なんでこんなことしてるんだろう！」という気持ちになった。寒いころは体を温めるのにちょうどよかったのが、暑いのに余計に暑くなることしなくていいんじゃないか？という理屈が頭にわいた。

昼休みに近所の友人に渡すものがあり魚屋の前で待ち合わせ。先に着いたらしい友人は魚を買って待っていて、レモンのケーキをくれて帰っていった。ほんのちょっとでも知り合いの顔がみられると本当に元気が出る。家族以外の誰にも会えない日が来るなんて。私も魚屋でしらすとタコを買った。

帰ると暑くて長ズボンを半ズボンにはき替えた。私が着替えたのを見て娘もTシャツに着替える。ズボンもはき替えようかな、と言うので私のように半ズボンにするのかと思ったらTシャツに合うデザインのものに替えており、こういうところ、娘を尊敬する。

午後も仕事を進めていると息子が「私はお腹がすきました。ですから、グラノーラを食べます」と言って茶碗にグラノーラをあけて豆乳をかけた。「英語の例文みたいに話してみたよ」とのこと。

晩はしらすごはんとタコのマリネを食べて、息子の望遠鏡で月を見た。めちゃめちゃに見える……すごい。しかしこのスペックの望遠鏡だとうちの狭いベランダから見えるのは月くらいしかないのではという予感もし、その予感はどうも息子も感じ取っているらしくふたりで、がんばろう、みたいな雰囲気になった。

Rosasが期間限定で公開しているダンスの映像を今日も見る。スティーヴ・ライヒの曲をベルギーのオーケストラが生演奏して、ダンサーが体育館みたいな場所で走ったり急に止まったりするやつ（「Rain」という作品）。すごく良かった。Rosasはダンサーがちょっと色気を出すのを演出が許しているのがいい。ふと、しなをつくったり、細部に表情を出したりする。

スティーヴ・ライヒがどうせ好きそうな友人にメッセージを送ったらすぐに観てくれて、適当に感想を送り合った。動画をすすめてくれた友人にもＬＩＮＥで感想を送りやりとり。いまの私には共通の趣味を持つ友人がいて、こんな有事にもつながれる。趣味を軽んじ笑われることの多かった子どものころの私に心底伝えたいよ。

同じ家でも今度ははじまる

5月5日（火）

あつあつの餃子の嚙んだところから肉汁があふれこぼれないように口を開けた。ぱかっと口が開くのにびっくりして起きた。

餃子を食べる夢を見ていた。

連休、寝坊を楽しむ朝は前半で終わって、後半はわりあい早くに起きている。息子と起きだし朝をはじめる。

娘がゆっくり起き鼻血を出した。このところ暑くなってきたからかよく鼻血が出る。昼に近づくにつれ気温が上がっていき、娘を冷やすために今年初めてクーラーを入れた。扇風機の風も受けしっかり冷えて鼻血も止まった娘が「3、2、」そして「1」のところを口パクにして、どうぞ！のジェスチャーをしてなんらかの撮影の風情を出してくるので「さあ！はじまりました！」とはじめてみるが、なにもはじまらなかった。

荷物を送る用があり自転車で出かけるがやっぱり暑くて、これはもしかしたら夏が来たのではないか。そのままスーパーであれこれ買うついでにアイスコーヒーを1リットル紙パックで買った。うちでは夏は雑にアイスコーヒーを飲む。

午後、近所の友人に渡すものがあって会いに行くと小玉のスイカをくれた。夏が集まっていく。

夕方は食パンを焼いたからおすそわけ、と、姪っ子と妹が自転車でやってきた。食パンの袋にはついでに新たまねぎと麩菓子も入っていて、今日は食材の引きが良い。袋を受け取って、姪がおすすめのゲーム実況のアカウントを教えてくれて、彼女らはそのまますぐに帰っていった。姪に「勉強すんだよ」と伝えた。

伯母は「勉強すんだよ」と言う、そういうものと思い込みがある。子どものころ叔父になんらかのお祝いに図書券をもらったときに「マンガはだめだぞ」と言われたのをよくおぼえている。

納戸の片づけをしていると台所から「でかいみかんみたいのがあるけど食べていい？」と娘に聞かれ、そういえば山に暮らす子らの父から不明の柑橘類をもらったのだ。通常のものより大きいが夏みかんか。いいよぜひ食べてと言うと、息子とふたりで台所でわっせわっせと解体しはじめた。

「どこから切る？」「そこから？」「半分でいいかね」などと盛り上がっているのを片づけを続けながら声だけ聞いた。「きれいに切れた！」「撮影しよう」「私も撮る」シャッター音がそんなに撮るかというくらいしきりにする。あとで見ると、たしかにとてもきれいに切れていた。

夜は毎回司会で出ている、路線図を眺めて楽しむイベント「路線図ナイト」が、リモートの配信ライブとして開催され参加した。開始の直前まで風呂を洗ったり夕食を作って食べたりして、家にいるのにはりきって司会をするの、案外まったく違和感がない。

朝、娘にふられて「さあ、はじまりました！」と元気に言うも当然のようにははじまらなかったわけだが、同じ家でも今度ははじまった。

イベントは大盛り上がりに盛り上がった。ネットを介した盛り上がりはリアルの会場の盛り上がりにリンクするような部分と、そうでない部分がある。

終わるとあたりは自宅だった。ビールを飲んでぼんやりして寝た。

スポークが折れて感心感心

5月24日（日）

学校から送られたPDFのうち何枚か出力しないといけないものがあると息子に言われるのだがうちにはプリンターがない。

普段わたしは必要があるとコンビニでプリントしており、どうしてもプリンターを買わねば立ち行かないとなるまではその方法で息子にもしのいでもらうことにした。

朝早いうちに連れ立ってコンビニに行く。

息子はナイロン素材のスポーツウェアふうのズボンをはいているが、ウエストがゆるそうだ。調節のひもがついていて、しぼれば？と言うと、これ飾りなんだよとのこと。見ると本当に機能のない飾りだけのために縫い付けられたひもだった。こんなのあるのか。

「ウエストサイズは調整できない。こいつが一方的におれのウエストの成長を待ってる、それだけなんだ」

ウエストはゆるいが無事にコンビニで出力できた。息子は奇特なことに出力を待つあいだに複合機のモニターに出る間違い探しをちゃんとやった。そして帰って釣り銭で出た50円玉にその辺におちていたリボンを通していた。

昼はゆでたそばを3人車座になりたぐる。息子が早々に満腹を宣言して焦ったが娘のがんばりがあり食べきった。

娘は午前中に「勇気」について書く国語の課題を終わらせたそうだ。勇気はわたしたちの大切なことばの花びらのひとつです、と書いたよ！　とのこと。詩にする方向性だ。

他のことばの花びらにはなにがあるの？　と聞くと「元気と自信と……あとは……ガンバ……」と言っていた。大切だよな、ガンバは。

午後は息子のやる『ゼルダの伝説』を見守る。3年前にほうりだしたWii版のやつだ。急に思い立ったらしい。3年前の時点ですでに古いソフトで、調べたら発売は2011年だった。

古い作品でもわれわれは十分に興奮した。息子はかつてとは違いずいぶん操作が上手くなっている。練習したわけではないのに、年齢が上がるだけでゲームの操作能力が高まるものなのか。以前やめた原因である気味の悪い大きな蜘蛛も倒していた。

食料の買い出しに自転車で行くと途中でからから音がして、見るとスポークが1本折れて外れそうになっておりあわてて取り除いた。ここ、折れるのか。そりゃあ物質はなんだって破損の可能性はあるとは思うが、そうか、ここ折れるか。意外に感じすぎてほとんど感心みたいな気持ちになった。

夜も深まるころ、息子が作り方を検索してキャラメルポップコーンを上手に作り出した。

先日買ったポップコーンの豆はまだまだたっぷりある。

危険な予感がする。

ポップコーンをはぜさせる人を離れたところから見る

5月25日（月）

流行も自分の体型も好みもよくわかっていないものだから、衣類の購入はいつもばくちみたいだ。

これはと気持ちを強く持って買っても家に帰ればピンとこず、ピンとこないまま着たり着なかったりする。かと思えばぼんやり適当に買ったものがとんでもなくしっくりきてタンスのなかで異常な存在感を示すこともある。

そんなばくちで大勝した伝説の一着があり、今日ほれぼれと着た。いつだかバーゲンでなんの気もなく買ったやつだ。これが何にでも合わせられて、ずんぐりした私の体型によく合う。

今日も家族はそれぞれに在宅で仕事。緊急事態宣言がこの東京でも解除になるとニュースを観た。なにしろうちでは学校がどうなるかが話題だ。分散登校などでじわじわ通学がはじまると学校から連絡があった。

この数か月、通常の生活がいかに従うことでできあがっているかを知らされた。これまで普通に子らを学校に行かせていると思っていたが、あれは「来ていいですよ受け入れましょう」と言われているのに従って行かせていたのだ。「休校です来ないでくださいませな」と言われたらそうなんだなあと家にいるしかない。

昼はグリコの「ドライカレーの素」を、パッケージの裏のレシピに忠実に作る。食べようというところで一件仕事の連絡が入り子どもらに先に食べてもらった。出遅れて食べ始めたところ、子らは先に食べ終わって私が残った。

普段私は食べるスピードが誰よりも早くいつも最初に食べ終わってしまう。まだ食べている息子と娘を見て「まだ食べている……」「いいな……」と羨む気持ちになる日々であり、今日はひとり最後まで残ってうれしかった。私のお皿にだけドライカレーがまだあるよろこび。

子どもたちはドライカレーは本当にうまい、これがいちばんうまいものだなどと感激しあっている。本当に、こういうインスタントのものがやけにうまいのだ。そういうものだ。

午後もそれぞれに仕事。娘の鼻歌が聞こえる。「明かりをつけましょぼんぼりにんにんにん忍者のにんにんにん」いっぽうの息子は息抜きにガンガンに腹筋をしまくっていた。

夕方仕事を終えて春巻きを揚げた。食べる。娘が『どうぶつの森』に憧れていて、買ってあげたいと思うが誕生日でもなんでもないのでどうしようと話題になった。娘が「(自分の誕生日よりも早く来る) おにいちゃんの誕生日に買ってはどうか」と意見し、てらいなくさわやかに図々しいところがこの人にはある。

すっかりキャラメルポップコーン作りマスターとなった息子が今晩もあらわれた。ポップコーンのはぜる様子を間近で見るのはおもしろいものだが、少し離れたところからポップコーンをはぜさせる人を見るのもおもしろいことが分かった。

6月6日(土)

鳩サブレーを食べる自分の様子をふと思う

台所のシンクの上の小皿に抜けた歯が乗せてあり、もうすっかり乾いている。きのう息子の奥歯が抜けたのを洗って干しておいた。手に取って眺めた。思った以上に空洞で器のような感じだ。上の部分がごつごつして、こんな形のもの他にあまりないよな。岩くらいか。

起きてこない娘を起こしに寝床へ行き、声をかけて目の開いたところにすしざんまいのポーズで「すしざんめぇ」と言ったらうけたし、起きた。

午前中はそれぞれに宿題や家事などをおしすすめた。息子がいつのまにか学校からの課題の百人一首の暗記を進めていて驚愕する。この人はやれと言われると素直にやる。思えば、やれと誰かが言ってくれるというのはとても甘く優しい世界ともいえる。百人一首を暗記しなさいと誰かが強制してくれて、言われた通りに暗記をし、それが後々の教養になるなんて大変な幸運だ。

暗記をぶつぶつ言いながら、10円おくれというので渡した。コンビニに学校から配布されたPDFを出力しに行くそうだ。

すぐには行かずに10円玉にタバスコをかけてピカピカにしてから出かけていった。ネットで得た豆知識らしい。

昼はみんなでそうめんを食べる。次そうめんをやるときはつけ汁をめんつゆからゴマだれに変えようと3人の意見が一致した。このところ、そうめんやそばを食べまくり、これではめんつゆを吸って昼を生きているようなものだ。

午後は娘のバレエ教室がひさしぶりに再開し稽古があり送る。「なんだかねむい」「とてもつかれた感じがする」などと言うから心配したが熱もない。そうか、ひさしぶりのことで緊張しているのだなと気づいた。道中も元気のない口ぶりだったが、途中『鬼滅の刃』の話題を振ると急に元気になったので話題が続くように引っ張ってそのまま送った。

稽古のあいだの時間を使い、赤坂にある選書の書店「双子のライオン堂」へ。外観も店内もとても気のいいゆっくりした雰囲気なのに、絶対に読みたい本しかないのが異常に刺激的でまったく落ち着かずあせる。私はせっかちだからあれもこれもという思いに急き立てられる。

買うと決めていた本とあと数冊を入手して帰った。ずっと自宅にいてできなかったこと、そのひとつは本屋に行くことだったんだなと思わされた。

帰りの電車で「わたし三国志のことちゃんと知りたいのよね」「わたしも！」と盛り上がっているのが聞こえる。「〇〇よね」と、女言葉を使っているからだいぶ上の世代か。三国志のことが知りたい、私もそうなんだよな。電車の中の知らない誰かの楽しそうな話を聞くのはひさしぶりだ。

娘を迎えて帰った。バレエは学年が上がって先生の指導が厳しくなったそうだ。「うまくできないと怒られたり？」「そうじゃなくて、これまでよりも教えるときの声が大きくなった」

なるほど、声が大きいと厳しく感じるの分かるな。

帰ると息子が「おれはたまに鳩サブレーを食べる自分の様子をふと思うことがある」と言う。

ビールを飲んだら眠くなり、子どもたちもいつもより眠そうで早く寝た。鳩サブレーが食べたい。

感激して「優しい！」と冷やかす

6月15日（月）

子宮頸がんの検査でひっかかりまくって中病院からついに大病院を紹介され朝からやってきた。

数年前に娘が骨折した際にお世話になった病院で勝手はよく分かっていて気安い。産婦人科は別の科に比べて朝からずっと混んでいて、どうも診療枠が他の科よりも早い時間から設定されているらしかった。

いくつかあるうちの誰もいない診察室の戸が開いていた。待合室から中が見え、なんらかの機械のモニターに「Hey there!」と映っている。

思ったより早く名前を呼ばれた。問診で担当の先生から前の病院で組織診という検査をしたときの標本はお持ちでないですかと聞かれ「やはり……！」とはっとする。中病院で紹介状を書いていただくとき先生と看護師さんが（標本は……）（検査しなおすだろうから……）（じゃあいいか……）みたいな会話をしているのを小耳にはさんだのだ。素人ながら（いや、あった方がいいんじゃないすかね）と思っていたのだよ。先生！中病院の先生！やっぱ標本あったほうがいいってこっちの先生おっしゃってます！

「無いんっす」と言うと、あらためて検査はせずに紹介元から取り寄せておきますね、とのこと。

これまでの病院でやっていなかった超音波の検査だけしていただくことになり、いつものように内診台に寝ておねげえしますと下半身をカーテンの向こうに出した。

産婦人科の内診は独特だ。何度やっても珍しいと感じる。カーテンで仕切られた見えない向こうで診察が行われる。

しばらくガチャガチャ音がして感触もあった。「超音波で見たところ困ったところはないですね」とのこと。

降りた内診台の紙のカバーに血をつけてしまい、カーテン越しに看護師さんに謝ると「そういう場所だからいいんですよ！」とフォローしてくれた。

「私も患者さんだったら申し訳なく思うとこだけど、こっち側にいるとぜんぜん大丈夫なもんなんですよ」

感激してつい「優しい〜！」と冷やかしたら、カーテンから顔を出して「おだいじに」と言ってくれた。

会計で診察の整理番号を出し、すると今度は会計の番号が出てくる。受け取ってモニターに番号が現れたところで会計機で支払いをする流れ。段取り良く病院を出た。

昼ごはんにサンドイッチを買って帰る。子どもたちも学校から帰ってきて、みんなで食べた。ソーセージをゆでて添えたところ、息子はサンドイッチに無理に挟み込んだ。

うちの近所にはファストフードの店がないねという話になり、そこからミスタードーナツがあったらなと娘が言う。

それでむかし息子がまだ2歳くらいのころふたりでドーナツ屋に行ったことを思い出した。私がカウンターに「ひとつください」と注文すると抱いていた息子が「ふたつにしてください」と言うのだ。私は息子にひとつ買うつもりだったが、息子はひとつを私と半分ずつにすると思ったらしく、そうじゃなくてふたつ買って、ひとりでまるまるひとつ食べたいと考えたらしい。お母さんは食べないから、ひとつで大丈夫なんだよと言うと息子はフーフー興奮していた。ちゃんとひとつ渡すととても喜んだ。

息子は覚えておらず「アイス屋で歌われたのは覚えてるんだけど」と言う。コールドストーンだ。そうそう、歌われた歌われた。

午後はまたそれぞれ仕事をした。アイスコーヒーに雑に余ったレモンの炭酸水を入れて飲んだら酒の味がした。

晩の買い物をするあいだに娘にみそ汁を作っておいてもらい、息子に洗濯物をたたんでもらう。こうして手伝いの手があっても忙しさは不思議と変わらない気がするのはなぜだろう。

娘に「ねえ」と背後から呼び止められ振り返ると「パン屋に行くとトングをかちかちし

たくなるよね？」とぎっと目を見て言われた。

最近娘はいわゆるあるあるを言いたい状態になっている。

目力が強い人だから、そう問い詰められると私はもう「うん、あるね」と認めるほかない。

新しいカードに無を移行する

6月20日（土）

娘が作文教室に行く日。早くに起きて起こして送り出した。

近所のおじいさんが公民館に子どもを集めてやっている教室で、長らく息子が世話になっていたが息子は中学進学とともに卒業し続いて娘が入会した。

おじいさん先生によると、最初は相手をしあぐねた娘も最近おたがい慣れて個の面白いところが見つけられるようになったということでありがたい。

起きてきた息子とゆっくり朝ごはんを食べてから、私は普段行かないやや遠くのスーパーに自転車で向かう。

このスーパーのクレジットカード一体型のポイントカードの有効期限が切れ、先日新しいものが送られてきたが「古いカードにすぐにハサミを入れないでください！」と大きく注意書きがしてあった。古いカードにたまっているポイントをスーパーにある端末を操作して新しいカードに移行する作業が必要らしい。

この手の雑務は面倒で時間を食うが、魅力を感じ奮うところが私にはある。用事が好きなのだ。

朝のスーパーは空いていて、リーフレットにある手順に従い端末を操作した。古いポイントカードを読み込ませる。

「ポイント残高は0ポイントです」と画面に出た。

ポイント、無いのか!

なんだそれは! という思いだが、私はマニュアル人間なのでそのままリーフレットの解説に従って古いカードを取って新しいカードを差した。

「0ポイントを新しいカードに移行します」と画面に表示されたので「はい」を押す。

「0ポイント移行しました」「合計の残高は0ポイントです」と表示があり、スッと新しいカードが機械から出てきた。粛々と財布におさめた。

帰って古いカードははさみで切って処分した。

昼はうどん。スーパーでついでに買った半額のかまぼこを乗せよう。準備をしていると娘がやってきた。

「かまぼこだ!」

うちではかまぼこを買う習慣がなく珍しがっている。「安かったから買ってきたよ」「切ってみたい！」

それじゃあと頼んで渡すがどう板からかまぼこを削ぐかやりあぐねている。後ろに回って一緒に切ると、なるほどこうやるのかと納得していた。

うまいうまいとみんなで食べて、午後はだらだらした。『ワールドトリガー』の22巻を買ってきて読んで面白い。『ワールドトリガー』は不思議なまんがで、キャラクターの感情が限りなくゼロに近いシーンでむしろ盛り上がる。登場人物たちが冷静なときがいちばん作品がいきいきしていて、誰もが冷静になれるような設定がされている。端役に気をつかい、もはや忘れていたキャラクターを思い出させるようなせりふ回しがちょこちょこあって作者のキャラクターに対する優しさを感じて満足した。

それから『映像研には手を出すな！』も再読、こちらで一転感情を摂取した。どちらもポエムが排除された、恥ずかしくないまんがだ。

居間にB2サイズの大きな日本地図が貼ってある。上の角を画鋲《がびょう》でとめているが、下の角は画鋲が刺さらずテープでとめてあってこのテープの粘着力が弱くなりはがれ風が吹くとびらびらゆれる。開けた窓から強い風が吹いてこいのぼりくらいぶわとはためいたなと思ったらインターホンが鳴った。

息子が出て、頼んでいた勉強机用の椅子が届いた。配送に時間がかかると言われていたがもう来たじゃん！

　ああしかし、来てしまうと組み立てねばならない。少し疲れた気持ちになっていると、息子と娘がわいわい組み立て始めた。

「ふたりでできる?」「できるできる！」

　子が育つとはまさにこのことだ。まかせてソファに寝そべった。揺れる地図を貼りなおそうと思うも面倒でそのままにした。

　組みあがった椅子は、ベッドと壁にはさまれた狭いスペースにおさまった。サイズは調べてあり、まあぎりぎり入るだろうと買ったら本当のぎりぎりだ。なんとおそろしい。

　夕方娘はバレエの稽古に行って帰ってきた。「トウシューズ屋さんに行ってトウシューズを買ってきてって先生に言われた」と言う。

　瞬間、心の見張り番がやぐらに駆け上がり鐘を打ち鳴らした。

「てえへんだー！　娘がトウシューズを履くぞ〜！」カーン！　カーン！　カーン！

　やぐらに駆け上がったのは想像でだが、実際に娘に「ほんとに⁉」「すごい！」「祭りだ！」「お〜い！　みんな〜！　皆の衆〜！」などと騒ぎ立ててしまい「静かに」といさめられた。

　娘の通うバレエ教室はとくべつ熱心な生徒でなくても受け入れてくれるクラスがあり、娘は週に一度だけ通っている。トウシューズを履くとなると時間をかけた難しく厳しい稽古が必要で週に2、3日は通わねばならないものと聞くが、ゆっくりでもすこしずつ指導をしてくれるそうだ。

トウシューズ屋さんに行ってよく相談して購入しなければいけない。

夜は買ってきた角煮を食べた。

うちでは箱でアイスを買った際はひとり1日1本まで食べていい決まりになっている。今日の昼、箱入りのスイカバーを買ってきて息子と娘は食べていた。「お母さんまだ今日のアイス食べてないんだ〜」といやらしく自慢すると娘が「言い方気をつけな?」と乗ってきてうれしかった。

夜は本を読む。テレビで映画の『GODZILLA ゴジラ』を観る息子が逐一ゴジラの大変な動向を報告してくれてこれもうれしい。

6月26日(金)

気安い友人や家族だけが目撃する

Google Homeに天気を聞いたときに「今日の東京は晴れです」と答えるのを真似しているあいだにだんだんどんどんおかしな演出がついてきて、やがて鼻にかけた裏声で「今日の東京は、晴れ〜!」と言うのが私のなかで大流行したころがあった。グーグーガンモみたいな感じの声で言う。

LINEでやりとりをしていた友人が急に思い出したらしく「今日の東京は、晴れ～！」ってあれなんだったのと聞かれ、完全に忘れていたのを思い出した。なんだったんだろうね……。学校に行く息子に向かってひさしぶりに「今日の東京は、晴れ～！」と言ったところ、「……！……それなんだっけ⁉」と覚えていてくれた。

いったいなんだったのか。考えるが、なんとこれね、驚くべきことになんでもないんですよ。

100％テンションだけ、意味はまったくなくただ純然たる生の、脊髄から出る言動があって、気安い友人や家族だけが目撃する。どこにも発表しない、ごく狭い人間関係のなかだけでの表現活動。「今日の東京は、晴れ～！」は、まさにそれだ。

娘も学校へ行った。ひとりの静かな昼を祝しでかくて辛いカップ麺を買ってきて食べた。でかくて辛いカップ麺を食べてしまったからには頑張るしかない。午後も次々に作業を進め終え、するともう子どもたちが帰ってきた。

夜は晩ごはんを食べながら、娘が担任の先生について話を聞かせてくれた。息子もこのあいだまで同じ小学校に通っていたから知っている先生のはずで、思い出そうとしている。どんな雰囲気の人だっけ、めがねかけてる？ 元気なタイプ？

それから「その先生の名前を英語の名前にするとどういう感じがしっくりくる？」と聞

き、意外なヒントの求め方をするのだな。この方法はかなり雰囲気が伝わると息子は言う。それで思い出したが海外ドラマの『フレンズ』を最初に観たときに、その文化圏で育ったわけではまったくないにもかかわらず、フィービー（という登場人物がいる）のあまりのフィービーっぽさには感心した。レイチェルもレイチェルっぽいし、モニカもモニカっぽい。あとづけでそう感じるのもあろうとは思うけど、息子にも同じような実感があるのかもしれない。

それから私はふたりに、昼にでかくて辛いカップ麺を食べたことを告白した。「そんなことしていいの……!?」と娘。「ずるい！」と息子。だから午後は仕事を頑張ったのだと言い訳をした。

食後、娘は作文教室の先生に電話をかけた。今週、娘は何度も先生に電話をしている。明日の土曜の午前に行われる時事問題の発表会の打ち合わせをしているようだ。

娘は完全に準備をさぼって私も面倒を見ないので、これはまずいと思った先生が定期的に電話をかけさせ進捗を報告するようにしむけてくれたらしい。

電話を切ってからそれなりに発表の文章をとりまとめて、最終的には自信ありげな様子だった。

しかし明日、お母さんは発表会には来ないでほしいと言われている。来たらきっと感激して「すごい！」「がんばったね！」「えらいよ!!」と大きな声を出すだろうから恥ずかしいとのことで、なるほど私も感動を抑える自信がない。言うことを聞いて家で横になり寝ているることにした。

実は休日に早起きして出かけるのがおっくうでちょっとラッキーとも思った。子どもに夢中になる自己イメージはあるが、寝ていたいイメージもある。親の心もいろいろだ。

蒸し暑い夜で寝入るのに難儀した。

ふんわりではなくふっくらしている顎

7月11日（土）

朝から娘はアフリカのルワンダについて話を聞く会に出ることになっている。少し離れたまちの公民館へ自転車で行くためいつもの土曜日よりすこし早く起こした。長くルワンダに暮らした方が国の概要を教えてくれるのだそうだ。時間内に朝食が食べ終わらず途中で抜けるようにして出かけていった。

息子は自宅で、迫る中間テストの勉強をしている。先日テスト範囲が書かれたプリントをもらってきて机の前に貼っていた。

私は今の息子と同じくらいの歳のころほとんど勉強をせずに寝て暮らしたものだが、こうしてプリントをながめるとよく当時の私はこれを見てプレッシャーを感じず寝ていられたものだな。まったく何もしなかったというわけではなく覚えねばならない漢字や英単語を大きく紙に書いて枕元に貼って寝た。それでなぜ覚えられると思ったのだろう。

息子は英語に取り組んでいる。「This is big apple.」と読み上げて書き取り、それから「どんぐらいでかいんだろう」とつぶやく。

LINEが届いて、ルワンダの会に参加した近所の友人からだった。娘が帰宅の途中に蜂に出くわし避けようとしたところ転倒して顎を切ったという。えっ。

心配して待っていると友人が顎に絆創膏を貼って止血しはげまして連れ帰ってくれた。しょんぼりした娘のあたまをなぜると娘は「痛いよう、痛いよう」と泣き出した。あちこち確認すると打ち身はないようだが顎だけでなく肩と手足をすりむいており、すぐに病院に連れて行くことにした。

病院では顎をみた先生が「あれ！」と思った以上に大きなリアクションをして、すぐに洗いましょうとベッドに寝かせ「あの太い注射持ってきて」と言う。

聞いた娘が白目で「おおおおおおおおおお」と地鳴りのような低い声を出した。娘は注射が苦手だ。

地鳴りに気づいた看護師さんが「針のついていない注射だよ、大丈夫だよ」とフォローしてくれ、出てきたのは洗浄用の水を入れたシリンジで、娘は鳴りやんだ。

先生と看護師さんでガーゼや薬をせっせと受け渡ししての処置があり顎は守られ、病院に来てよかった。

帰り道、娘が「顎がガーゼでふくらんで、マスクもふっくらしてる」と言う。ガーゼで感触が柔らかいのだろう。「パンみたいだね」と言い合った。

帰ると息子は今度は漢字の勉強をしている。

むずかしい字が多い。ノートに「恭しい」と何度も書いてあった。

「顎関節ってお母さん書ける？ テストに出るらしいんだけど」と言われ、絶対に書けない。「書けない」「今後おれ生きててアゴって漢字で書く機会あるのかな」「書き初めで書くといいよ」

午後は夕方まで時間がありひさしぶりにこれは暇だなという時間帯だった。少し寝て、それからキャラメルポップコーンを作ったらポップコーンは焦げたしキャラメルコーティングは結晶化した。これまで体験したことがなかったが、キャラメルポップコーン界には、コーティングが結晶化する失敗パターンがある。でもおいしくて、アニメの『日常』を観て笑いながらみんなでぱくぱく、お腹いっぱいになるまで食べてしまった。

夕方、娘をバレエの稽古に送る。稽古は行ってよしと病院で言われ、娘は最初「顎がふっくらしてるからみんなが驚かないか心配」とひるんでいたが、そのうちどうでもよくなったようだった。

稽古のあいだ、あちこちで用事をすませた。カルディに行ってパエリアの素を買った。

母からぜひとすすめられていたものだ。カルディは何を買っていいかわからずにいたが、最近は入場制限がされて、すると空いた店内でゆっくり買い物ができ、欲しいものが見えるようになった。

稽古を終えた娘に「顎がふんわりしてるの大丈夫だった?」と聞くと「ぜんぜん大丈夫だった」とのことでよかった。それから「ふんわり、じゃなくて、ふっくらだよ」と言われ、そういった厳密さは大切なことだな。

なんとなく発泡酒じゃないちゃんとしたビールを買って帰って夜。ふろ上がりに開けて飲みはじめるも友人から新しい仕事の話がとどき興奮でカーっと雑な飲み方になった。

9月23日(水)

もしフィクションで描かれてなかったらどう思ったろう

おにぎりをにぎり、アルミホイルで巻こうとしたところぎりぎり足りず米粒が露出してしまいホイルの上からぎゅうと握りを強くした。それでも足らず、追加でホイルを小さく切ってセロテープではる。ふう。

おにぎりを包むアルミホイルの面積がいつも足りない。見込みが甘いのだ。今日は広めに切ろうと意識的に切り、よしと思っても足りない。

つぎはぎのホイルで包まれたおにぎりを持って息子が出かけ、娘も学校へ行った。私は今日も在宅で仕事。ひとりですすめる作業の日で集中する。

午後になりもう息子が帰ってきた。アルミホイルが複雑に巻かれたおにぎりだったねと言われ、そうですと答えた。

娘も帰ってきて、午後の作文教室に備えてチャットで娘のタブレットに先生から送られてきた持ち物リストを送る。毎週先生から私宛に知らされるのを娘に転送しているのだが、気づいた。チャットの最終ログインが「4週間前」になっている。娘に聞くと気まずそうに「タブレットの……充電がきれてたから……」とのこと。私は読まれないメッセージをここしばらく送り続けていたらしい。まさか未読がばれるとは思わなかったんだろう。オンラインのメッセージツールには、既読・未読という概念があるのだよ、娘よ。

床にプリントのファイルが落ちており、息子のものだ。拾うと「台風12号の対応について」とあって、天候が荒れた場合の通学について書いてある。ファイルされているほかのプリントも見ると、返ってきた数学のテストがあった。

夏休み明けにテストがあるとは聞いていていて、でも返却がないな、とは思っており、しばらくは気にして息子に聞くも「まだなんだ」との答えが繰り返されて、そのうちすっかり忘れていた。これじゃん！

息子は単純に見せるのを忘れていたらしいが、これが戻ってきたテストをあとで見つける体験かと思うと感慨だ。同じようなシーンは『ドラえもん』で見たことがある。フィクションで見ているから、子どもがそういう状況になると「マンガで見たやつだ！」と思う。もし『ドラえもん』やほかのフィクションでこういった子どもの行いが描かれなかったら、私は新鮮に真正面から状況をとらえることになり、もっと深刻に感じていたんじゃないか。

夕方から夜にかけリモートで打ち合わせがある。子どもたちにタコライスのレシピを渡して作っておいてもらうことにした。家の間取りの関係で私は台所で仕事をしており、打ち合わせしながら調理の様子が見えたが、かなり慎重にじっくり作業している。ふたりで30分かけてタコミート作りに使う調味料をまぜていた。

終えて無事にタコライスを食べ、息子は人体の部位と野菜の切り方の種類の名前を憶えている。明日、保健体育と家庭科のテストがあるそうだ。

やることが無限にありすごく忙しそう。中学のころの自分を思い出すとやるべきことをごっそりやっていなかったことに改めて気づかされおそろしい。

夜は長そでと長ズボンの部屋着を着た。きのうまで半そで半ズボンだったから衣替えだ。娘も長ズボンをはいていて、息子だけが半そで半ズボンのままで、これくらいのことでついほんの少し、多勢に無勢の様相を感じ取ってしまう。人と同じであること、違うことに敏感な私の心は弱い。

消費はむずかしい

9月30日（水）

家にたくさんシャインマスカットがあることに慣れた人たちの、食べ方が雑になってきた。気づけば実家からもらって3房あったうちの1房がなくなり、残る2房はどちらが先というのでもなく両方からランダムにむしって食べられている。最初はあんなにありがたがって一粒を大きな驚きとともに食べていたのに……。3か月に1房ずつ3房が9か月にわたって供給されればこんな雑にならないのだが……。消費はむずかしい。

子どもらは学校へ行き、私は今日も在宅勤務。やーやーやって、昼はコンビニに買い物に出た。コンビニでごはんを買うのがめっちゃくちゃに好きだ。せっかちだから自分が手を加えずしてすぐに食べられるものに興奮するんだと思う。チャーシュー麺と、ついでにプライベートブランドの1リットルの飲むヨーグルトも買った。

帰って静かにチャーシュー麺を食べる。うめえうめえ。自分では何も作っていないのにうめえ。

そのうち子どもらも帰宅。息子は今日で夏服が終わり、明日から冬服になる。夏服のズボン、クリーニングに出すから着替えたら出しといてと声をかけた。

娘にせがまれぬいぐるみにエアギターで「レット・イット・ビー」を歌わせてから子ども部屋の前を通ると、小椅子の上にぬいだままの形をしっかりと維持した息子のズボンが置かれていた。ベルトも通ったままで、右足、左足の穴もどちらも崩れていない。こんなに丁寧にぬいだままのズボンを……。むしろざっと軽くたたんだほうが手間がかからないと思う。息子に伝えると照れていた。

夜は本を読もうと思っていたのに眠い。息子と一緒に、芸人さんが先日の『キングオブコント』を振り返る動画を観た。

娘も息子も頻繁に飲むヨーグルトを飲んでいる。息子がまたグラスに注ぎ、あ、もうないと言うのだ。もうないの⁉ 今日の夕方開けたのに⁉ 買ってもすぐなくなる、これはもはや、あってもなくても同じじゃない⁉ つい口から出た。いや、カルシウムとして摂取されおれの骨になっているよと息子は言って、そりゃそうなんだけども。

娘がここのところほこりをかぶっていた望遠鏡をひさしぶりにベランダに出して月をみはじめた。

そういえば明日が中秋の名月か。それを知ってのことだろうか。うす曇りではっきりみえない月をのぞいて、それから娘は望遠鏡につもったほこりに指で名前を書いた。

血管が動くのを見あう

11月19日（木）

朝ごはん食べて、ごみ出して、洗濯物干して、水筒用意して、はい、いってらっしゃい〜〜、いってらっしゃい〜〜！　と、さも普通にふるまって子どもたちを送り出したが今日は私は仕事が休みだ。自分が休みでも子どもたちに学校があるときは「あたしもこれから普通に仕事」みたいにふるまう。

午前中はマイナンバーカードの受け取り日程や粗大ごみの回収の予約をネットでして、それから週末の同人誌の即売会、「文学フリマ」の準備をすすめる。

現金で本を売るためおつりの小銭を作りに銀行へ。即売会に参加するときだけ銀行の両替機に世話になる人生だが、両替に行くといつも誰か先客がいて、自分にとって日頃メジャーではない動作が誰かにとって日常なのだなと強く思わされる。両替機の画面は私のような素人にはいつも見慣れず、でもこの画面とツーカーでやってる人たちがたくさんいる。頼もしい。

本屋で注文していた本を買って、帰りにパン屋で昼食のパンも買おうとするが混んで人が店外へあふれていたのでよしてスーパーで30％引きになっていた黒糖のロールパンと袋入りの徳用ドーナツを買った。

帰ってレンジで温めて食べた。ドーナツは2個食べた。野菜ジュースで帳尻を合わせた。

午後は美容院に行き、のびすぎた前髪を切ってもらって後ろ髪は切らずにトリートメントをお願いした。後ろはまだ切らなくてもいいだろうと思ってそうしたのだけど、美容院の鏡でみたら家で見るよりずいぶん長く感じられ、美容師さんも「長いね〜〜」という感想で、ありゃ、切ってもらったほうがよかったかなと思ったうえに、トリートメントを終えた髪はうねりがとれまっすぐになってさらに長くなった。

さらさらの髪をなびかせ帰宅。学校から娘も戻り、これはとつかまえてインフルエンザの予防接種に連れていく。娘は学校から帰ってくると日々なんらか用がある。その隙間の時間に行くしかない。

以前は注射の類いには確固たる抵抗を示していた娘だが、成長したのか今回は嫌がらずついてきた。そして、静かに打たれた。病院を出たところで「すごいじゃん！ ぜんぜんいけるじゃん！」と感動を声に出したところ娘はにやっとして「大人だよ」と言った。そして「大人だから、今年の予防接種は1回でいいよね」と言うが、娘はまだ10歳なのでインフルエンザの予防接種は数週間後にもう1回必要なのだった。「すまん、そうはいかない」

じゃあおやつを買ってくれというネゴシエーションがあり受け入れる。コンビニに行って、選んだヨーグレットを買ってやり、娘は塾へ。自転車をこいでいく後ろ姿を角をまがるまで見た。子どもたちは小学校に上がってからひとりで外に出かけて行くようになったけれど、いまなお、ひとりで行動する子どもを見ると感心の気持ちがとまらない。

帰って掃除や片づけをしているうちに夜になり子どもたちも帰ってきて、ごはんを作って食べて、それからきのう近所の友人がくれた良い柿を切った。絵のように美しい大きな柿で、いい柿だ〜、これは本当にいい柿だとひやかす。みんなで食べた。味もとてもうまい。

娘がテーブルの上に指を立てて手を乗せて、指でピアノを弾くようにテーブルをはじいた。「こうやると手の甲の血管が動くじゃん？最近はこれをよく見てる」

私も一緒にやって、血管を動かして見あった。

夜は風が強かった。窓ががたがた揺れる。ニュースでは新型コロナの感染拡大のことをずっと報道していておそろしいなと思っていたが風が強いのも怖い。

事情を誰かに話すときはいつも自信がない

11月21日（土）

肉まんとあんまんをフライパンで蒸し、うまく蒸せて「ですよね……」という気持ち。うちには蒸し器がなく、これまで肉まんはずっとレンジで温めていた。フライパンの底に足のついた網を置いて蓋をすれば蒸し器がなくても蒸せるよなあとは思っており、でも肉まんをふかすといえば蒸し器かレンジという印象が強く、それでその印象に従ったままだった。こうした「いままで何だったのかよ、わかっていたのに」みたいなことがよくある。

銘々皿に肉まんを配って起きてきた息子と食べた。肉まんはうまいうまい。途中でおなかがいっぱいになって、あんまんを半分息子にゆずるととても喜ばれた。2分くらいしておなかに余裕を感じ後悔した。

娘は作文教室へ出かけ、鼻水をたらしている息子を耳鼻科に連れていく。うちは家族全員が鼻炎だが、気温のあたたかいうちは症状がましな傾向にある。秋も深まりそろそろ本気の鼻炎がやってくるぞとは思っていて、でも気づいたら息子はもう「そろそろ」どころではなくぐずっぐずになっていた。中学に上がって勉強を自室でするようになって息子の様子に気づきにくくなっている。

病院ではいつもの先生に「どうした、また鼻かい？」「あ！ 調子悪いな～」と診ていただいて、症状の良くなさに太鼓判が押されたかっこう。いつものアレルギーの処方箋をもらった。

先日息子はインフルエンザの予防接種を受けて、その際鼻水を指摘され一般的な風邪薬を出してもらった。そこにかぶせるように今回かかりつけ医からアレルギーの薬が出た。これ、別の病院だがどちらも耳鼻科なのだ。かかりつけ医が予防接種を実施していないためこうなった。処方時に薬剤師さんに事情をうまく説明できるだろうかと不安半分、めんどくささ半分の気持ちになる。事情を誰かに話すときはいつも自信がない。ほげほげ説明するとしかし薬剤師さんは一瞬で理解してくれたのだった。プロの現場ではよくあることだろうなと思いつつ、よかった。

息子は中間テストの勉強期間だそうだ。午後勉強をするから冷蔵庫に入っているエナジードリンクの「モンスターエナジー」を飲ませてもらえないかとせがまれた。先日、道でサンプルを配っていたのをもらったやつだ。日頃エナジードリンクを飲みつけず畏れを抱いている私としては不安があり、恥をしのんで「エナジードリンク　何歳から」で検索する。まんまといわゆるトレンドブログがヒットしインターネットめ……という気持ちになるが、メーカーが15歳くらいからと推奨していることがわかった。息子は13歳だから2年保管することにした。

娘が話しかけてきて、うちのクラスには「田中だいすけ」くんと、「田中たいすけ」くんがいるんだよ〜！と言う。

「へえ、すごい、僅差だね。呼び分けにくいね」

「そんなことないよ、『だ』と『た』って、ぜんぜん違う音だよ、字の形は似てるけど、音はだいぶ違うから大丈夫なんだよ」

……お、おおお。そうか、たしかに、そうだな。記号として考えているから似ているけど、純粋に音だけだとかなり違う。

それから娘はバレエの稽古に行く支度をして台所で少し踊って出ていった。

私は隣町のカルディでピーナツバターとラザニアの素を、それから家電量販店で化粧品を買った。ポイントが中途半端に余っていて近く期限が切れることがわかり、電球でも買うかと行くと化粧品やら日用品が多数扱われていたのだ。高額の家電購入でたまったポイントを有効活用させるためだろうか。ちょっとパチンコ屋みたいだ。探していた化粧下地があった。ポイントを使いきって足りない分を別途払ったところ、また50ポイント入った。人生とポイントは続く。

バレエを終えた娘が「へっへっへ」と帰ってきた。トウシューズはクラスで娘がいちばん最後に履きはじめたが、新たにトウシューズを履く子が現れ、後輩ができたのだそうだ。「うれしい」と言って、素直だ。

夜はラザニアを焼いた。とてもおいしいが、ラザニアって何で食べるのが正解なんだろう。スプーン？ フォーク？ わからないねと話しながら3人箸で食べた。

夜まで大気のぬるい日だった。

冷えた生卵を持ち続けて手がつめたい

12月2日（水）

約束どおり6時に息子を起こしに行くともう起きていた。定期テストを前に夜は寝て朝勉強するのだと言って、そんなまさかと思ったが、なんと自力でちゃんと起きたのか。

私が中学生のころもテスト前の夜は寝た。でも朝も寝ていた。けしてへっちゃらで勉強をさぼっていたのではなく恐れを感じながら早寝した。朝目を覚ましたところで勉強するのがどうしてもおっくうで起きない。やっと目覚めはっと勉強をしていない悔恨と無念と恐怖に気づきもやもやした気持ちで学校へ行きテストを受けて100点満点中5点を取るのだ。なんておそろしいことをしていたのか。

朝ごはんの支度をするのに生卵を冷蔵庫から出して手に3つとった。鍋へうつしてゆで卵にしようというところで台所へやってきた息子が今日の天気を聞いてきて、分からずGoogle Homeに「今日の天気は」とたずね、くもりのち雨ですという回答を聞き取るまで冷えた生卵を持ち続けて手がつめたかった。

娘が今日もぎりぎりに起きて、着替えてさっと出て行こうとする。「いってきます」って大きめに言ってよ、寂しいからとお願いしたところ照れ笑いしてもぐもぐ口になにか含んだ状態で「いってきまふ」と言って出ていった。あっ。最近娘が気づかぬうちに学校へ行ってしまうの、「いってきます」を言わずに出かけているからだと気を揉んでいたが、口に朝ごはんが入っていて声がこもって響かないんだ。伏線が回収された。しかし問題だな。まちがいなく歯を磨かず、顔も洗っていない。

息子も出かけて私は今日も在宅勤務。午後、山に暮らす子らの父からレターパックプラスにぱんぱんに詰まった荷物が届き、中身は大根と柿とりんごとウオノメコロリだった。娘はいぼを市販の薬剤で取るのが好きで、それでウオノメコロリを送ってくれたらしい。これは喜ぶぞ。

昼休みはラーメンを食べてから、作った同人誌を取り扱ってくれる書店に送る荷造りをする。2軒あって送付状を間違えないようにに封入せねばなと思っていたのにいつのまにかダンボール箱にきれいに本をつめるのに夢中になっていた。そのまま近くのコンビニで発送して、帰ってきてから送付状が2通とも家に残されているのに気づいた。最近はこういうことが多いんだ。うっかりしている。夜によく寝て頭をすっきりさせねばならない。

そういうわけで無愛想に本だけが届きますとお伝えしたところお気になさらずにとすぐにメールでお返事をいただいて、電子メールの利便に心ときめかせた。

娘が学校から帰り作文教室へ出かけていった。ウオノメコロリのパッケージが居間のちゃぶ台に転がり1枚使った形跡があった。早い。

息子もいつもより早く帰宅、しばらくして、iPhoneやゲーム機を指定した時間まで使わないようにとじこめておく箱（そういう箱が売っていて、ねだられ買ったのだ）に、夜まで入れておこうと思ってまちがえて60時間開かないように設定してしまったと言いにやってきた。

60時間！　2日半じゃんか。

ネットはパソコンで見ればいいが、友達や部活の人たちとのＬＩＮＥが60時間もできないのは困るんじゃないか。

「いや、ＬＩＮＥは大丈夫、ただ、目覚ましが鳴り出すと止められない」

なるほど。60時間後までできるだけアラームの音がもれないように布団をかぶせておくことになった。

それにしてもＬＩＮＥに応答できないのは問題ないのか。私などはスマホを忘れてちょっと外出したくらいですぐに不安になる。帰ってきて見ると結局は通知ゼロだったりするから、まあいいのか。

仕事を終えて、キャベツがあるから夜は焼きそばにしてしまえと、肉と麺を買いになじみのスーパーに行くと、これまで200円と100円の麺の2種類を扱っていたところに、150円の麺が現れ3種類になっていて、あっと声が出る。

200円と100円のうち、これまで私は200円の方をいつも選んでいた。料理が苦手で100円の安い焼きそばを上手く調理する自信がないから、麺の良さに料理のできなさをなんとかしてもらおうという考えだ。

そこへ現れた150円。しばらく迷って不安に負けて200円のにしてしまった。どうなんだろうな、150円。きびしい選択だ。細かく刻んだ値段設定で3種類の焼きそばの麺を展開してくるとは、店の側も迫ったことをしてくる。

200円の麺は素人でも扱いやすくもちもちつるつるに仕上がった。うまいうまいとみんなで食べる。

娘に算数の宿題が分からないと言われ、無理だぞ無理だぞとふるえて見たらわかる問題で助かった。

息子の iPhone はとじこめられたままかけた目覚ましが鳴り続ける前に充電が切れたそうだ。

意識の私を無意識が急に起こす

12月14日（月）

われながら急に起きる。

目覚ましで目覚め、寒さにふるえて、さむいなあ、起きたくないなあなどとぐずぐず考える。そのうち突然がばっと上体が起きる。この突然はいつも無意識的で、自分で自分に驚く。われながら急だ。

よーし、いくぞー、起きるぞ～、（ガバッ）しゃーい！と身を起こすのではなく、ねむいなあ……もうちょい寝られたらなあ……休みの日な（ガバッ）という感じ。のろのろしている意識の私を無意識が急に起こすような感覚がある。

今日も無意識に起こしてもらい助かった。洗濯をして朝ごはんを作るなどいつものようにオンタイムで支度ができた。

息子が食パンにはちみつをぬりながら「はちみつを食べると眼の色が変わるらしい」と言い、情報源を聞けば「インターネット」とのこと。「眼の色を変える方法」という動画で見たんだそうだ。おもわぬ方向性の怪しい動画を見るものなんだな。

子どもらが出かけ、私も今日は会社へ。出社してしかできない作業をバチバチに固めておいた。ぶつけるようにやり込んで昼休みに自宅に戻って午後は在宅勤務。

戻りがけにチーズケーキを買い帰るなり食べた。せっかくだからかわいいお皿に乗せたが机が散らかっておりプラマイがゼロだ。

午後もバチバチ作業をしているところで息子が帰宅し、なにか聞いてくるのだが集中しているため生返事になった。以前はこういった生返事に申し訳なさがあったが、いつかいちど「仕事してるときって、わたし何も聞こえなくなるよね」と子どもたちに聞いたところ「なるなる！」「何を聞いてもぜんぜん答えない！」と返ってきて、この会話をしたことで、集中しているとき私が応答できなくなることを認識として共有した。そういうものであるということになりまあまあ許されたと思っている。

終えて「ごめん、さっきなんて聞いた」と息子に聞きなおすと「夕飯なに？」と言うので、おでんですと答えおでんを買いに出た。

あたためるだけのおでんのパックと、茶飯を炊いて浅漬けを切って晩ごはん。おでんのパックはスーパーのプライベートブランドの最安値のものを買ったらあまりおいしくなくて落ち込んだ。子どもたちは気にしていないようだった。テレビではUMAが取り上げられており、ビッグフットの足跡を見ながら、今度はもう少し高いやつを買ってこようと反省した。

天気予報が流れて、気圧配置の図を見た娘が「東京はぎりぎり寒くならないのか」というようなことを言い、そうか娘は日本地図を見て東京がどこにあるか分かっているんだなと思った。

小学生のころ、今はもう死んだ母方の祖父が当時青山にできたばかりだった「こどもの城」に連れて行ってくれた。モニターに映るクイズができる小さなブースがあって座ると「東京都はどれでしょうか」と3つの地形が出て、私は分からず、祖父に聞いてボタンを押したら不正解だった。祖父にはクイズのあとはちみつレモンを飲ませてもらった。

夜は子どもたちがテレビで『THE W』を観だしたが、私は納戸にもぐって隙間をガムテープでふさぐ大事な作業をした。最近近所に出ているとうわさのネズミが納戸に入ってこないように。黒のガムテープを使った。茶色いガムテープが貼ってある場所があって、前に住んでいた人が貼ったんだな。

赤や緑や青が次々に色を変え光っている

12月15日(火)

昼休みに用事をすますべくあちこちまわる。最後に寄ったドラッグストアでズボンの中がずんっと重いのに気づいた。電子レンジで温めるタイプの、中にあずきの入ったカイロがお腹に入れっぱなしだ。ここへ来る前にコンビニやら文房具屋やら回っていて、自転車移動とはいえよく気づかなかったな。取り出すこともできずそのまま平気な顔で買い物をして帰った。

帰りながら、こうして何事かあるのを隠し何食わぬ顔でいる人は街ゆく人に何パーセントくらいいるものなんだろうかと考えた。私のように衣類に間違いがあるのに気づくだけじゃなくて、二日酔いだったり頭痛だったりの体調不良から、悩み事みたいな気持ちの落ち込みもあるし何食わぬ顔は種類も量も多そうだ。

カレーを食べて午後も仕事。会議が始まる直前に娘が学校から帰ってきて、玄関に置き配の荷物があったと持ってきてくれた。

これは！　待望のネズミ除け、電磁波と超音波が出るやつだ。このところ近所ではネズミが出るのが話題になっている。ネズミの苦手なにおいを出す煙をたき、ガムテープ等で侵入経路をふさぎ、それでも不安でもう何でも全部買うぞという気持ちでよくわからない機械に手を出した。説明書を読んでなおよくわからないが、コンセントにさしておくと徐々に効いてくるというのでさす。本当なんだろうかこれ、でももう買ってしまったのだから嘘でもいい、買ったからには使う、それでいいという気持ち。

娘は塾へ行きそのうちに息子が帰ってきた。仕事を抜け息子を英語の塾の体験に連れて行く。

学校から帰宅したあとの息子がいつも暇そうにごろごろしていて、それで英語でも習ったらいいのではと思った。塾でも英会話教室でも個人の先生でもと探していたところ、友人に紹介してもらった。

歩いて向かう道中、娘の通う学習塾の前を通り過ぎ、ビルの前に娘の自転車が置いてあった。家で待っていると行って帰ってくるだけの印象だけど、実際本当に娘は塾に行き、見上げると窓の見えるあの部屋で勉強しているのだ。案外意外に感じる。

英語の塾には先生がおひとり、あと事務の担当らしき方がいて、事前情報があまりなかったが個人経営の小さな塾らしい。息子を渡すと、あとはお子さんに話しておきますのでと、私の出番はほとんどなかった。

帰って仕事の続きをする。しばらくして勢いよく扉を開け息子が帰ってきて、愉快な先生だった、あさってから行くとのこと。おお、おおそうか。行ったときよりも明らかに元気がいい。はつらつとした先生だなと思ったが、そのはつらつが息子にうつったように思われる。

夜はジャーマンポテトと、あと納豆を配った。食べながらテレビでマジシャンにタレントさんたちが無理なリクエストをしてそれでもマジックができるのか試す企画の番組をやっていて観る。息子が、できればマジシャンの人たちにあまり無茶なことを言わないでほしいと言った。気の毒なところを見たくないと。私もテレビのバラエティには同じことを望む派。娘はなんでもいいみたい。

風呂に行く娘が「コンセントにささってる赤や緑や青が次々に色を変え光っているやつなに」と聞いてきて、ネズミ除けのことだがそう言われるとクリスマスの準備みたいだ。

テトリスでこんなに遊んでしまう　12月19日（土）

母方の祖父は名をよしんどといった。

目覚めるもまだ起きださずに布団のあたたかさを確かめながら急に思い出した。めずらしい名前だよな。子どものころも変わった名だとは思っていたけれどいまだに新鮮にめずらしい。

よしんどと音を味わいながら起きだし、学校のある子らに朝ごはんを作って送り出す。

子ども不在の午前は掃除と洗濯と片づけにせいを出した。今年は家にいることが多く部屋をあちこち片づけたのだけど、未着手の棚がまだ案外あって整理した。10年住んでいるからか物がたまっている。

昼になり帰ってきた子どもたちとラーメンを食べた。テレビのチャンネルを回した息子が「これが『メレンゲの気持ち』か！」とほえた。

数日前息子に「お母さん、『メレンゲの気持ち』って、なに?」と聞かれたのだった。中学校でクラスごとにクラスの紹介ビデオを撮るイベントがあるらしく、そこで『メレンゲの気持ち』みたいな構成にしようと案が出るも息子はなんだろうそれはと思ったのだそうだ。

おお、これが『メレンゲの気持ち』か、そうだよこれが『メレンゲの気持ち』だよ、と観た。番組ではタレントさんがコストコに行き、ちいさなパンが大袋にはいったやつを「これは絶対に買うべき」と買っている。

タレントさんがコストコに行き、ちいさなパンが大袋にはいったやつを「これは絶対に買うべき」というシーンを、これまで何度も観てきた。私たちのテレビ視聴の体験というのはまさにこの、タレントさんがコストコに行き、ちいさなパンが大袋にはいったやつを「これは絶対に買うべき」というシーンを観ることそのものなのではないか。象徴的だ。

午後も片づけをする。片づけだけで1か月くらい十分暇がつぶせている。ハンドタオルを入れる棚からDSが出てきた。息子が「なにこれ!」といって遊びだした。テトリスのカセットが入りっぱなしになっていて、私も息子の後ろに並んで次に遊んだ。楽しい。娘もやってきたので渡すと遊んだ。

封書を郵便で出す用がありコンビニで切手を貼ってポストに差し出すとちょうど回収時間の寸前でうれしい。よく見ると、その1時間後にも回収が来るようで、そんなにしょっちゅう回収がくるほどポストはすぐにパンパンになるのだろうか。人の多い場所に住んではいるが、それにしてもみんな送ってるんだなあ。郵便や宅配といった個人間の流通に思いをはせるのが好きだ。

夜はきのう母がくれたごぼうで鶏肉とごぼうの炊き込みごはんを作る。いっぱい食べるべく4合分をやった。少なくごはんを作るのが苦手でたくさん作って、炊飯器も鍋もフライパンもいつもあふれる。鶏肉を先にごぼうといためる炊き込みごはんのレシピ、おいしかった。

食後に物足りなさそうに息子がかりんとうを食べている。取り上げて、余力があるなら炊き込みごはんをおかわりせよとうながすと、俺がかりんとうを食いすぎてるんじゃない、みんなが食ってなさすぎるんだと訴えられた。

夜はまたみんなでDSに並んだ。ひとりひとり1ゲームやっては交代した。子どもたちが寝てからも私ははげんだ。今日届いたマンガがあったのに目もくれずテトリスをやりこみ気づけば深夜でふるえる。

世の中にコンテンツはあまたあるのにテトリスでこんなに遊んでしまう。DSを発掘してしまった以上しばらく遊ぶだろう。なんというおそろしさか。どうやって生きていけばいいんだ。

これからもがんばろうと思って寝た。布団がなかなか温まらない。

２０２２年

３月〜

２０２３年

８月

2022年

これだ漫才の起源

3月5日(土)

土曜日がうれしくて早く起きた。息子も起きてきてふたりで朝ごはん。娘は寝ている。今日は11時から15時にかけて塾があり、ということは昼ごはんはどうするか、きのう相談し「朝ごはんを遅くしてたくさん食べる」ことにしようと決めた。つまり今日は娘はできるだけゆっくり寝ていたほうが都合がいいわけで、これは生きざまとして合っているのだろうかと思いながらも娘の寝床の近くは揺らさないように気を配って歩いた。

寝る娘に置手紙をし、鼻炎の息子をかかりつけの耳鼻科へ連れて行く。待合室で、先生との受け答えは誰がするかを相談した。かつては私が担っていたが、息子は14歳で自分のことがもう私よりずっとよくわかる。

症状の説明はすべて息子がする、最後に薬の話になった段階で私が希望を伝えるという段取りでいこうと話した。「ちょっと、いっぺんやってみようか」言ってから、息子と目を見合わせ（これだ漫才の起源）という共鳴で奮えた。

「鼻炎で鼻水が最近いよいよひどくて、花粉症の症状も入ってきたみたいです。鼻が詰まると頭痛が出ます」ここまでが息子。

「鼻炎の薬と、あと頭痛薬がなくなりそうなので出していただけないでしょうか」これが私。2回稽古した。

しかし、診察室では長年世話になっている先生なだけにほぼ先回りして言われてしまい、結果練習の成果が出せずなすがままであった。

我々は病院を出るといつも二手に分かれる。薬は誰かひとりが調剤薬局に取りに行けばいいから、もう一方は自宅へ帰る。今日は買い物ついでに私が薬局を請け負った。

いつもの親切な薬剤師さんと、薬をもらいながら少し話す。さっき耳鼻科の先生にお会いして、ややお年をめされたなと気づき、その感覚が残っていたからか薬剤師さんにもそういえばこの方もそれなりに加齢されたなあと感じた。それはつまり、彼らを見ている私自身が歳をとったということにほかならない。彼らを見る私の目がこの街にやってきたのが14年前、14年、歳をとり、日々を経ながら街を見ている。

薬を受け取り、スーパーで買い物。帰りぎわ、最近あたらしくできたコインランドリーの前を通った。店内の待ち合い用の椅子に、棒つきのあめをなめながら足組みをしてスマホをみている小学校3、4年生くらいの子が腰かけている。おっと思った。かっこいいな。生き慣れている感じ。かっこよさというのはこともなげであることだ。

帰ってなお娘は起きておらず、声をかけて食パンと目玉焼きを差し出す。

だが娘は私と息子で昼に食べようとスーパーで買ってきたデニッシュパンとロールパンに目をつけた。食べたいというからあぶって出してやるとそれでおなかがいっぱいになってしまって食パンが入らず、兄に食べてもらえないかと頼んでいる。

兄は食べた。

正確にいうと、妹の食べ残しを食べることに苦言と抵抗を示しながらもおなかが空いていたらしく食べた。

娘が塾へ行き、息子も部活へ行った。思いつきで、ネットで開いている美容院を探して自宅から徒歩30分の場所にある美容院を30分前に予約して歩いて出かけた。私は思いつきで行動することに興奮を感じる派閥に属しており、前もって予約などし備えることを少々の損ととらえるところがある。こればかりは気性なんだろう。世話になっている懇意の美容師さんは人気で1週間以上前に押さえないことにはなかなかつかまりづらく、それでどうも最近連絡しなくなってしまった。

はじめての美容院は壁も天井も床もアイボリーに塗られ明るかった。20分のヘッドスパを受けてから前髪を切ってもらい、1時間も滞在せず出る。

こうして行きつけでない美容院に飛び込みで入れるのは本当にありがたいが、怖いのはカットのときに着るエプロンのような、人をてるてる坊主にするあれが、そで付きか、そでなしかがわからないところだろう。ふわっとかけてくれる、そのときにそでに手を通すべく腕を上げる、しかし、残念！　そでなしでした〜！　ということが、ごくたまにある。この美容院は……そでありでした！

それから、あまりあちこちで取りざたされないように思うが、美容院は椅子の足置きが怖くないですか。シャンプーに立つとき、戻るとき、終えて会計に立つときなど足を引っかけてしまいそうでいつもどきどきする。

きれいにしてもらって、帰りぎわすこし歩いた街はよく混んでいた。手土産を買う必要があって心当たりの店をいくつか回ったが、どこも行列だ。良い天気であたたかく、さてはみんな気持ちが盛り上がっているな。

ふと、民家から道へ、小さな子どもがぴょんと出てきて駆けだして角の電柱に隠れた。民家の方を見るとあとから出てきた大人が見送っている。子どもは電柱から出した手を振った。それから角を曲がって、また角から手だけ出して振った。大人は手だけの子どもに手を振り返している。通りながらその民家を見ると、小さく小さく「ピアノ教室」と看板が出ていた。

夜は、いま！　たったいま！　ネットスーパーのドライバーさんが運んできてくれたばかりのパックのおでんを受け取るや否や開封して鍋に移し温めて家の3人そろってすぐさま食べた。このおでんの鮮度はすごいぞ。茶飯もよく炊けた。

ロシアによるウクライナ侵攻のニュースで、ウクライナからどれだけの人たちがどこの国へ逃げているかが報じられている。こうしたニュースを観ると、いつ、どのタイミングで何を持ちどの手段でどの国へ行くか、すべて自分の判断なのかと、それが恐ろしい。そこに「うまくいった」や「し損じた」があっていいとは思えない。

それからここ数日読んでいる古井由吉の『栖』を最後まで読む。すごい本だったから読み終えたあとすこし掲げた。精神が混迷していく様子そのものがストーリーだ。混迷すればするほど描かれるコミュニケーションがフィジカルになっていき躍動を追いかけるように読んだ。取っ組み合い、食べ、眠り、逃げ出す。当事者間にも周囲にも悪意はどこにもない、悪意の予感すらない、ただ気だけが迷ってゆき体がぶつかり合う。

最近ビールを飲みながら本が読めるようになってきた気がする。ミニラーメンをつぶしてつまみにしてしょっぱい。

有象無象のドーナツ

3月10日（木）

目覚めながら有象無象のドーナツのことを思い、起きだした。

近所のスーパーで、はんぱなドーナツをぱんぱんに詰め合わせにしたB級品が大袋で売られておりたまに買う。安いドーナツの、さらに欠けたり変形したものをまとめているようで、いつかこの袋を見た息子が「有象無象のドーナツだ」と言ってから私もそう呼んでいる。

安いドーナツには安いドーナツとしてのうまさがある。そのうまさは、眠りから覚め目の開いただけの体に上体を起こさせ布団から抜けだし立ち上がらせるほどの力がある。袋を開けて、皆の者の皿に配った。

「朝から有象無象のドーナツだよ」と家の人を起こし呼び集める。

子どもらが出かけ、出勤前に散らかる本を積んだ。買った本があちこちに散在し、読んだもの、読み途中のもの、図書館のもの、資料にしようとしていたものがばらばらになっていた。

これから読もうと思っている本を積む。この家は結局あまり電子で書籍を読まず、積読は本当に横に寝かせて物理的にも積んである。読み終わると立たせて本棚に差すから、読む前の本と読んだ後の本は寝るか立つかの姿勢でわかる。

会社への道中は良い天気で暖かかった。私は首周りから冷気が入り込むことを極端に恐れていて、今日も布で巻き固めてきたが暑い。

これは完全に春だ。

先週末、友人と電話で話していたその日も暖かく「春だね」と言うと「春になっちゃったね」との返事で、春になっては、まだいけないような気分が伝わり、具体的にいけないことはとくにないようなのだけど、そうだねと思った。

まったく、大人になってみたら噂に聞いてはいたが本当にどんどん日が過ぎ、早すぎるから置いて行かれる気持ちでいるのに体はちゃんと時間軸に乗っかっていて、しっかり未来に連れて来られている。

私たちは毎春「春になってしまったな」と思い、でもそのうち、3月の中旬くらいには春に慣らされ「なっちゃったね」という気持ちも忘れる。

仕事を頑張って集中しすぎて、しかも暖かいからのぼせて帰った。

家では息子がミニラーメンを食べていて、とにかく常に腹をすかせている息子をなんとかしてやらねばと気の毒な気持ちで買ったミニラーメンの大袋が役にたっているようでよかった。息子はミニラーメンを食べるとき私が切らさず買い置きしている冷凍刻みねぎと生卵を入れている。それはもはやちゃんとしたラーメンだ。

そして夜は、餃子です。餃子を焼きます。

数年前、友人になんとなしに「晩ごはんどうしようかなー」と言ったところ、「餃子はどう」と、「えっ、餃子は大変だな」「いちから作るわけないじゃん！　冷凍だよ！　味の素の『ギョーザ』だよ！　あれむっちゃくちゃおいしいよ」というやりとりがあった。

それまでも餃子はよほど時間があるときでないと作らなくて、食べたいときは近所の自然食品の店の冷凍餃子かハナマサのがおいしいから買う、でもちょっと高いなと思うところがあった。そこを友人が開いてくれた「ギョーザ」の門。私たち家族は門をくぐった。以来、うちではたまにこれを食べる。

実はちょっと、大手メーカーの冷凍食品を夕食にするのか……といま思えば考えなしに雰囲気だけでストッパーをかけていたのだけど、友人により完全に赦されたようなところがあった。その友人は「ひとり1パック軽く食べられるくらいおいしい」と言っていた。かなり強い赦しだったと思う。

安い。そして、実際ちゃんとうまい。しかも今度買ってきたやつのパッケージを見ると「新」「さらにジューシー」と書いてある。これ以上まだうまくするのか。

食後は娘がぶらぶら居間を歩きながら歌を歌って、歌い終わったところで柱に片手でつかまって片手は離し、組体操の「扇」をひとりでやるみたいなポーズを取った。私がじっと見ていると、ふふふと照れて「なんか……この柱のここのところ、つかみやすいなと思ったから……」と言い、そのまま「ボルダリングだったらここから、こうだな」と鴨居に手を伸ばした。

お菓子が配られているのではないか　3月11日（金）

目覚めた寝床でスマホを明かりとしてつけた。Twitter のタイムラインをたぐると、災害時、避難する際に注意すべきことがまとまったツイートがいくつか流れてくる。きのう寝る前に日めくりカレンダーと目が合って、明日は3月11日だと思い、目が覚めてもすぐにやはり今日は3月11日なのだなとわかる。

メロンを切った。このあいだ親戚から野菜やら果物やらの荷物が届きなんとその中に入っていた。果肉を傷つけまいと金具ではなく木のさじで慎重に種をとりのぞいた。子らと食べ、うまい、うまい、うまいですなと言い合う。

「OK Google 今日の天気は」Google Home に聞いて、しかし不思議と応答は頭に入ってこないよねという話がこの家では有名で、最近は誰かが天気を聞くと、居合わせたほかの人々みんなで頑張って内容をとらえんとするようになった。

今日も私が聞くと娘がGoogle Homeに顔を近づけしっかり聞いて、やはりなぜか頭にしっかり入らなかった私に「最高気温19℃あるって！」と教えてくれた。

ほうと思ってそれなりの軽装をするも、子らの出かけた家での在宅勤務は板張りの床から冷えて寒く、結局マフラーぐるぐる巻きで仕事をする。家が寒くて外は適温で暖かいというのがこの季節だと思う。

午後は小学校の保護者会があり学校へ。冒頭で出張先からリモートで校長先生が挨拶され、とにかく「リモート」というものを社会は身につけたのだと実感する。しかしなにか普通ではないような気がするな……と思っていたら、校長先生の後ろをおそらく知らない誰かが通り過ぎ、あ！ 外だ、外なんだ！ と気づいたのだった。校長先生のリモート参加が、会議室ではなく外から、というの、すごく「校長先生」っぽい。思い出のなかの校長先生の話が長いあの朝礼の現場はいつも校庭だった。

小学校高学年の保護者会には私を含め熱心な参加者がもうあまりいない。来校者はクラスの半分よりちょっと少ないくらいだ。そう、わりともう、どんな話がなされて、何が起こるかはぜんぶ先生方が丁寧に作ってくださったレジュメを見さえすればだいたいはわかるようなところがある。

保護者会が、子どもたちが保育園のころは大っ好きだった、めちゃくちゃ楽しみにしていて、一大イベントと思っていたくらい。先生のお話には子どもたちへの愛情を感じたし、ハウツーとしてもとてもためになった、親同士の交流もそれぞれ子育てに対する考え方が違って楽しかった。心の支えですらあった。だから今でも保護者会に対して大きな恩義みたいなものを感じている。

あと、なんていうのかな、これはちょっとうまく書けないのだけど、「お菓子を配るかもしれない」と私はいつも疑っているのだ。

なにか集まりがあって、自分は行かない、もしくは行けない。するとそのあいだに、お菓子が配られているのではないか？　みたいな懐疑が常にある。子どもたちが世話になった保育園や今通う小学校の保護者会でお菓子が配られる可能性はゼロで、「お菓子が配られるのではないか」というのは私が根源的に持っている「集まり」というものに対する予感なのだが、だから保護者会にも行く。

夜は焼きそば。好きな焼きそば麺が通常1パック2食入りのところ増量3食入りになっていたので買っておいた。ウクライナ侵攻の関係で小麦が高騰しているから、今後はこんなことはないかもしれない。

目玉焼きを乗せて具も大量にした焼きそばを食べた（うまい）あとは朝の残りの半円のメロンをまた3人で分けた。

息子が、メロンは普段からおいしいものだけど、これはいよいよおいしいと褒めていて、それは実際としてたしかにそうだし、息子はおそらく送ってくれた親戚のことが好きで愛がこもりそう感じているんだろうなと思った。

テレビで在宅避難を体験する番組が放送されており、備えが不安になって簡易トイレやガスボンベの在庫を確かめた。ニュースでは津波による被害でいまも行方不明の方々を捜索する様子が流れた。

妙に眠い。なぜだろうと思いながらもう寝るわと子らに声をかけると息子はもう寝ていた。

さがしても娘がおらず、風呂か。娘は風呂が長い。先に寝るねと言って横になるも、もし娘が湯船で寝てしまうなどしたらどうしようと不安になり起きていた。そのうち娘が風呂から出る音がするので安らかに寝た。

新入りバイトの態度で生きる

3月13日（日）

大阪で目覚め東京へ帰る。

昨晩はひさしぶりの出張で大阪にやってきて、新大阪駅の、南口を出て新御堂筋を淀川のほうへ向かって少し行ったあたりのビジネスホテルに泊まった。

南口は大きなロータリーで、きのうは徒歩でどう駅エリアを抜ければいいのかまったくわからずうろたえ、でもそのうち自転車に乗ったひとたちがスーッとロータリーの奥にある小さな歩行者用のトンネルを抜けて外へ出ていくのを見つけた。あそこを通ればよいのかと、くぐって駅の外へ出た。くぐった先も高架がかかった上下で車が走るような車道の世界でホテルはその渦中に建ち、交通網の中に泊まったようでおもしろかった。

ホテルを出てまたトンネルをくぐり新大阪駅へ戻る。早朝、ロータリーにはスノーボードをしに行くらしい人たちが荷物をかついで集まっていた。これからはじまる人たちの横を、しめくくる側の人として通り過ぎた。

おにぎりを買って新幹線に乗って、発車を待たずにおにぎりを食べてしまい、待ち構えて車内販売のコーヒーを買い飲む。足元の電源プラグでスマホを充電するも、ケーブルが短いものだからスマホはずっと足の甲に乗せていた。

リュックの脇のポケットから青いものが飛び出しており、つまんで引っ張ると折りたたみ傘の袋だ。いつか雨の日に突っ込んだんだ。折りたたみ傘は持ってきておらず、袋だけがはるばる大阪まで私についてきて、そうしてこうして一緒に帰る。

東京に戻り新幹線の改札を出ながら、もう帰ってきたことに驚いた。旅行が終わる瞬間、いまだ、と思った。さりゆく旅情にしがみつくべく、昼ごはんとしてシウマイ弁当を、私と同様に午前中には預け先から帰宅するという息子の分とふたつ買う。

自宅に荷物を降ろしてから予定されていた所用を片づけに出かけ、戻ると息子も帰っており弁当を食べた。

シュウマイ弁当の本質は実はシュウマイではなく筍煮《たけのこに》なんだよと伝えると息子は「本質、シュウマイじゃないのか」と驚き、食べてさらに「筍……なんなんだ……すげえうまい……」とまた驚いており、ふたり、いちいち盛り上がって食べ進めた。具についてうんぬんするだけでは事足りず、箱やしょうゆ入れについてまでも語りつくした。

息子は大阪でいただいた岩おこしを奥歯ではなく前歯でかじりにいって大いに堅がって、こんなに堅がればおこしサイドもさぞ堅まった甲斐があろうというものだ。

午後は私は本を読んで、息子は「ホラー映画というものを観てみたい」と言い出しなにか探して観て怖がっている。そうしているうちに元気いっぱいの娘がバーンとドアを押し出すように開けて飛び込んで帰ってきた。廊下を走ってイェイイェイと登場し、台所をくるくる回ってピッと止まって「ホワイトデーのお返しのお菓子を買いたいです」と言うので「よかろう」と応じる。そうだ、娘は友人らからバレンタインデーにいくつかチョコレートの詰め合わせをもらっていたな。

にこにこ出かけて100円ショップでラッピングの包みを、スーパーで個包装のお菓子を買う。

道中、娘から給食の時間に「バレンタインは以前は女性が男性にチョコレートを渡して愛を告白する日でした」と放送が流れ、みんながざわざわしたという話を聞いた。40代の私にはいまだにそのイメージがあるが、小学生にはもはや実感のない事実らしい。

帰ると息子が映画『レオン』を観てんだと言いながら目を画面に戻してげらげら笑っている。そんな笑うとこあったかなと思って見せてもらったら、ものすごく細かい、説明されれば気持ちはわかるものの、冗談として描かれてはいないところで笑っており陽気だな。

夜は中途半端に余った野菜と肉を炒めて食べた。

食べながら、何の流れか、娘がGUはユニクロと同じ会社がやっている店だと息子に教え、息子が知らなかったと感心している。ファーストリテイリングという会社だよと私も教え、略称は「ファストリ」だよと言ったら「へえ」とポケットに入ったメモを取り出して書きつけていた。

息子は手のひらサイズのメモ帳を愛用しており、気になったことは書きとめるようにしている。真面目な新入りバイトみたいな態度で生きている。

食事の片づけをしていると兄妹が急に大声で笑い出し、聞けば娘がペットボトルの蓋を息子に開けてもらうべく渡したら、兄が「おう」と応じて開けて自分で飲んだのだそうだ。

遠い大阪で起きたのにまるで普通の東京の日だった。せめて大阪での起床を誇りに寝よう。

13で割る！

3月20日（日）

娘が寝巻のメンテナンスをしている。

厚手の起毛のパーカーで、安物を買ったからか、いや高くてもこういう衣類はそうなのかほこりをすぐ吸着する。そのうえ娘のハリのある真っ黒で太い髪が布地に縫うように突き刺さってよくからむ。

日頃はたまに洗濯するくらいで気にせず着ているが、今日は思いついてじっくりコロコロを使ってきれいにしていて、おっ、娘が働いていると眺めた。

読み途中の古井由吉の『聖』が面白く、奇習といえる土俗の話でジャンル的にこれは誰もが好きだろうといきりたって息子に話すが興味を持ってもらえず、まさかと思って娘にも話すもあまりピンとこないようだった。

縁あってお菓子だとかお茶だとかのいただきものが続き、うやうやしくとりだす。こうしていただいたきれいなものはいつも「私が食べていいんだろうか」と思う。この心情にはきっかけがあり、アニメの『サザエさん』だ。エンディングテーマと一緒に流れるアニメーションで、いただきものの菓子折りの包みを「よそへ回すかもしれないから」と丁寧にはがす様子が冗談としてではあるが、描かれており、おお、こういう行動があるものなのかと子どものころに知った。

大人になってみるとそもそもなかなか菓子折りなどもらう機会はなく、もらったところでよそに回すことなどなくて、でもちょっと手に取るときに「よそへ回すかもしれないから」という可能性だけは感じ続けている。

午前中のうちに娘と算数をやった。

娘は難儀しながらも途中途中で鼻歌を歌うなどしており、苦手と自覚し実際苦労しながらの作業をよくほがらかにできるなと本当に感心する。

$$7\frac{2}{9} \div 5\frac{7}{9}$$

という問題があって、答えは$1\frac{1}{4}$と回答にあるのだけど何度解いても$1\frac{13}{52}$になってしまい、どういうことなんだこれは。ふたり頭を悩ませに悩ませ、外出から帰ってきた息子に聞くと52は13で割れるではないかと言われて真後ろに倒れた。

13で割る！　知らない！　と思った。それは知らん。そんな割るは私にはない。

昼を適当に済ませ、午後はそれぞれ散り散りに出かける。私は近所の友人宅にネットフリックスの映画『ドント・ルック・アップ』を観にいった。それぞれ自宅でも観られるのだけど、日を決めて約束しないと重い腰があがらず観られないよねと話し合い、そういう者どもで結託したかたち。

観たい、けど観ない、なんだか映画はそういうものになってしまった。で、観たら案の定、最高に面白くて、ああ、こうして機会を作らなければ観ないままだったのだからおっくうが憎い。

「真実を知った者が周囲にそれを知らせるが妄言とされる」系の映画だ。この手のストーリーは誤解を受ける状況が見ていられずあまり得意ではないのだけど、その点でストレスを感じさせないストーリー展開になっていた。

友人の家は広くてきれいで洗面台にあるハンドソープが良いやつで、ハンドソープがかっこいい家を私は尊敬している。

興奮のまま帰宅して、息子に『ドント・ルック・アップ』すぐ観た方がいいと伝えるがなんと先日観て途中離脱したそうで、えっ！ そんなことあるのか……途中離脱をして息子はなにを観ているかといえば東海オンエアの動画なのだから、東海オンエアは本当にすごい。

夜はお好み焼きを食べた。かつおぶしとソースと青のりをかけて出したら娘ははっとして冷蔵庫からマヨネーズを出して持ってきてかけて食べていた。

こうして子どもが勝手に自分の考えでなにかやるといまだに細かく成長を感じ感激する。

中2の景色

3月21日（月）

祝日、午前から映画を2本観に出かけるという息子と朝ごはんを食べる。

なんともう3月が後半に入ってしまった。あちこちで卒業式の話題が聞かれ完全に年度が切り替わる助走の時期に入っている。

4月で息子は中3に上がる。中2がもう終わる。

「もうすぐ中3だね、この一年、案外中2っぽいところなかったよね」声をかけるとちょっとうれしそうだった。「そうかな」

「家の中でパーカーとかかぶってなかったし」

「いや、それはちょっとかぶりたいと思うところもあったんだけど中2みたいだなと思って抑えたんだよ、2周目の中2だから」

「2周目？」

「中2病、中2的というものの存在を知って中2になったから、ある程度いかにもな中2にはならないように頑張って、でもそこからやむを得ず漏れ出てきちゃうものだよね中2というのは」

「そうか、周囲もぜひ中2に中2を見出したいと思って中2を見るからね」

「漏れ出た中2を人がまた『あれが中2だ』と言って、すると3周目の中2たちはそれを意識して、今後どんどん中2というものは煮つまっていくのかもしれない」

「なるほど」

そういう景色だったんだなというのが分かってすごく嬉しかった。

祝日だが勤務日で、息子を送って娘を起こしてごはんを食べさせたあと出かける。仲の良い仕事仲間に会ってたくさん話した。私たちは偶然にも同じタイプの災難にあった経験があり、そのころのことを話して大いにハモる。とても元気になった。

在宅に戻り仕事を続け、夕方になって帰ってきた娘が「冷蔵庫にいろいろ貼るのは良くないらしいよ」と言う。友達に聞いたらしい。なにかそういう言い伝えのようなものがあるそうで、うん、私も聞いたことはある。でも無視してこれまで生きてきたんだ。だから「大丈夫！」と言った。

「え、大丈夫なの？」「うん、大丈夫だよ！」

おまかせあれだ。絶対大丈夫です。

息子が帰ってきた。2本観た映画はどちらも面白く、ジャンルが違うことによる客層の違いも楽しめたと上機嫌だった。それはなにより、よかったねえ。

話を聞くうちに一緒に行った友達の話になり、そのうちのひとりは両親のサポートはあるもののなんと事業をしており儲けを得ているという。同級生が⁉ お金に余裕があるから家族にケーキを買って帰ったと聞いて目がカッと開いた。

他の友人らもプログラミングに強かったり、ピアノやギターが上手だったり、英語が堪能だったりそれぞれに技能豊かと聞き、お前は、お前はどうする……と思って少し落ち込んだが、私も特技のひとつもないなかで生きてまあまあ、というかむしろ楽しくやっているのだった。

無言で息子にうなずくと、無言でうなずいて返してきた。明日もげんきでがんばろう。

これはさては呪術だな

3月29日（火）

鳩のよく鳴く日だった。

ここいらの一角は日によって鳩が鳴いたり鳴かなかったりする。鳴かない日は静かで風の音だけが聞こえるが、鳩の鳴く日は鳩の声ばかりが、響かずくぐもって室内まで届き、こちらもだんだん脳内が鳩の存在でぱんぱんになってポーと口から出るほど。

午前中、子らは今日もゆっくり春休みをたゆたった。在宅勤務をはじめるころになって息子は起きて部活へ出かけたが、娘はベッドの中から出て来ず寝ているのか起きているのかわからない。さすがにという時間になって声をかけるとやってきた。

今日もいちにち暇なんだそうで、放っておくとただアニメだけを観て終わらせようとするから少しは体を動かしてはどうかと、昼休みにコンビニへ誘った。

道中は桜が満開だ。郵便局を通りがかって、そういえば桜と郵便局は不思議とつながりがあるような気がする。なんかこう、ほんわかしたイラストとかで並べて描かれそうな。

桜の似合う金融機関、第1位は郵便局だ。金融というよりも郵便が桜に合うのか。郵便局は印象として朴訥《ぼくとつ》としているから、ちぎり絵とか版画のモチーフにも耐えるだろう。だから桜にも合う。これが銀行ではだめだし、証券会社でもうまくはまらない。

そうして真剣に郵便局と桜について考えている横で娘は別のことを思っていたようで「桜はイメージよりもずっと玉だよね」と言った。

イメージの、絵で描く桜は幹を綿あめのようなもわもわでピンクに覆う。しかし実際の桜は花のグループがまとまって玉のようになって枝にくっついている。

コンビニでおやつのあんパンを買った。小さいパンが列になっている例のやつ。

帰って適当にごはんをすませ、午後は会議に立て続けに出て、そのあと作業をしていると部活から帰ってきた息子はすっかり腹をすかせた様子。炊飯と生協で届いたミールキットの調理を頼む。

息子はフライパンや調理器具をどんがらどんがら乱暴に扱いながら、しかしよどみなく作った。

ミールキットの案内に忠実に沿って作られたイカ炒めは具にきくらげも入っていて、自分では絶対にどんなメニューにも登用しない食材だからうれしい。

食後は今日も娘と算数をやる。分数の約分がやはり難しい。2か3で割り切れないことにはもうおおむね割り切れないんじゃないかと私などは思っているから、そうじゃない、トリッキーな数字で割って約分できることもあるのだというのが、あまりにも意外で神秘的で、とはいえどきどきもわくわくもしないし、ただなんなんだと思う。

今日も23で割って約分させる問題があった。娘が「こわ」と言って私も「むっちゃこわい」と同意してしまったが、すぐ23に対して悪いなと思ったし、このままだと私たちは永遠に分数というものとたもとを分かつことになる。反省して、13とか23に対してもう少し敬意をはらおうと話し合った。

それからネットで「素数 2桁 一覧」で検索したが、どの数字もぞわっとさせる並びばかりで恐れ入る。これはさては呪術だな。

夜は遠地で暮らす古い友達とZoomで話して楽しい。友人はよく笑うからうれしくなる。人生を相談したところ、宇宙の話を聞かせてくれたので静聴した。

終えて興奮のままあんパンをつかんで居間を横断しながら食う。最後の1個だった。鳩はすっかり鳴きやんだ。

「まあいいか」が「まあよくない」をチョイスする

4月23日（土）

朝は粉を汲む。

息子に青汁を、私に青汁とプロテインを、娘にミロを。小さな樽のような、口の広いスクリューキャップの容器にそれぞれの粉を収納しており、そこから各メンバーのグラスやシェイカーに汲んでいく。

ちょっと前まではパンと卵を焼いて野菜を洗って切るのが朝食の支度だった。そこに粉が現れて、汲んでいるとこの家の朝がすこし新しくなったなと思う。

それぞれ起き出して粉を水や豆乳で溶いたりシェイカーでふってもわもわの泡飲料にしたりして飲んだ。パンも食べる。

子らは学校へ行き、私も会社へ。

同僚との間でたばこの話が出て、子どものころ妹とふたりで特急の喫煙車両に乗ったのを思い出した。

私が小学5年生か6年生くらいのころで、祖父母宅からの帰りだった。駅の券売機で特急券を買う、特急券には喫煙席と禁煙席があった。我々はたばこを吸わない。未成年だ。なのに、なんとなく「まあいいか」と喫煙車両の切符のボタンを押してしまったのだ。なぜだかはよく分からない。でもそういう謎の「まあいいか」が「まあよくない」をチョイスすることが竹の節目くらいの頻度で私の人生にはある。

車両はゆっくりたばこを楽しもうと喫煙車両を選択して乗車しているひとばかりだから、もくもく煙がたって空気は雲のようだった。きっぷに指定された席を目指して通路を歩くと乗客の大人たちは（なんで子どもが喫煙車両に）と驚いた顔をした。記憶はそこで途切れている。

思い出しながら帯同の年少者が妹ではなく自分の娘であるように混同し、あれ、いや、違う、あれは妹だと記憶をとり戻してちょっとほっとした。

当時の妹は小学校低学年であり、小さな子に気の毒なことをしたのには変わりはない。それでも、自分の娘でなかったことに安堵する、そういう気持ちがあるのだなと思った。

とどこおりなく仕事を終え夕方帰る。このあいだまで涼しかったのが、今日はノースリーブのリブニットにカーディガンでいちにち過ごした。帰り際の横断歩道の待ち時間にじっくりと、季節が移ったのを感じた。散漫にではなく、貪欲に、取りにいくように季節は感じ取る。

帰ると子らも帰ってきた。たまってあふれた掃除や洗濯をばたばたやっつけるうちに夜がきて、晩はスーパーでお弁当を買ってすませることにした。

それぞれが好みの弁当を自分で選ぶため、全員で連れ立って行く。やむを得ず弁当に……という体で、むしろウキウキした催しだ。

3人並んで、行きがかり上、真ん中が私のフォーメーションになったが、ふたりが妙に内側に入り込むように前進するから私のスペースは狭かった。

お弁当のほかに、そういえばタバスコがない、七味がない、と自分では絶対買い忘れ続けるタイプの品々を子らが思い出してかごに入れてくれて助かる。

帰ってサラダだけ作ってそれぞれのお弁当を食べながら、こいのぼりが出ていないと娘が気づいた。そうだ、ずっと出さねば出さねばと思っていたんだ。明日かならず出す、忘れないように紙に書いておいてと娘に頼む。

娘はレシートの裏にボールペンで「第24話 こいのぼりを出そう お楽しみに!」と書いた。楽しみだな。

水漏れを飼う

4月25日(月)

祈りの力への信仰心に気づかされるのが、身の回りのなんらかの不具合だと思う。

きのうの晩、台所の、システムキッチンというのだろうか、シンクとか引き出しとかが一体になったやつ、その端っこから水がしみ出した。横に置いたごみ箱の底とごみ出し用の紙袋がぬれてずぶずぶだ。

純粋なる驚き、片づけの面倒さ、これはいったいどこからなんでという途方に暮れる気持ち、方向性の違う思いがいっぺんにあふれるがとりあえず冷静にしみ出す水を雑巾でふき取る。ふき取った場所に新聞紙を重ねて置いて、このとき私は強く祈った。

明日の朝にこの新聞紙が濡れていませんように。

水漏れが一時的なものであればこれ以上は濡れない、けれどもしぽたぽたと続くのであればこの新聞紙は濡れる。

起きて今朝、新聞はずぶずぶだった。新たな水がわいたのだ。まさかが50、やっぱりが50。2倍の倍率をくぐりぬけて、水はわいた。

なんで、なんで、ほんのちょっと考えてすぐに、あっ！と思った。あっ！だ。

それはそれは、明確な「あっ」。私たち家族は、先日台所の蛇口、混合栓を取り替えた。

息子と私で作業した。解説動画の通りにやってうまくいったのだが、一点、いまのところちょっと下手だったかね、と言い合いながら「まあいっか」で通り過ぎたところがあったんだ。壁に取り付けるタイプの蛇口で、おそらく水が裏で漏ってそれがしみ出しているんだろう。

起き出した息子に伝えると「さいあくだ」とことばで言って、表情も腐った。「嫌だよ」「めちゃくちゃ嫌だね」「嫌だ〜〜」「ね……」

くさくさしながら食パンを食べた。娘も起きたがこの人は、私や兄がなんとかしてくれる家に住んでいるから他人事のように優雅な朝の人だった。

取り付けのときに感じたが、作業はひとりでは難しい。学校から帰ってきたら混合栓をもう一度外してつけようと息子に頼んだ。

子らが出かけてゆき、私は在宅勤務だが、今日は勤務をしながら漏れる水を新聞紙で吸いもする。

とくに昼休みには重点的に水を吸った。できる限りがんがんに吸って、システムキッチンの底面に厚紙を差し込んで内部の水も吸い、するとおおむね、どのあたりから水がしみ出すのかも解ってきた。

うっすら、このままずっと、水を漏らしたままの床を飼うように世話して生きる選択肢が目の前にあらわれる。そういう選択を私はしてしまうのではないかという可能性を感じる。

午後も作業の合間に新聞紙を換えた。体はまるで元気だが、吸っても吸っても出る水に徐々に気力が吸われる。

難儀な気持ちをいやそうと外に出ると、長そでのスウェットでは暑かった。うでまくりをしてそのまま出かけ、チョコレートのバーを買って帰る。少しとけており急いで食べて、するとと生協の配達が来て物資のなかには頼んだキャラメルコーンも入っておりわざわざ買いに出てまでしてチョコレートで胃をふさいだのを悔やむ。

ＬＩＮＥがよく鳴る、いろいろとポジティブな内容の知らせが届く日だった。漏る水とうれしい知らせが拮抗する。

息子は、混合栓をやるぞ！という気持ちを整え帰宅してくれた。頼もしい。娘も「蛇口やった？」と言いながら帰ってきたので気にはしてくれていたんだな。

神妙にいったん取りはずして、シールテープを巻きなおす作業をして再度取り付けた。

先日の取り付けのときに比べるとまるで作業のスムーズさが違い、やったことのないことをやったことがあることの差にちょっと良い気にはなった。

終えて恐る恐るの気持ちでいたが、交換後、水漏れを吸うために置いた新聞紙が濡れずに1時間経過したのだった。

わ、本当に蛇口の取り付け方がいけなかったんだ。ちゃんとやれば、水漏れ、止まるんだなあ。

不具合が起きると人間生活について妙にアニミズム的な感覚を持ってしまう。祈りを！みたいな感覚の方が強くなって、それで物理で簡単な解決を見たことのほうに意外さを感じていた。

私は水漏れを、本当は祈りで止めたかったのだなと思った。

ミロがなくなる

4月27日（水）

村の者どもが騒がしい。騒然とした顔と顔のなかに、悲壮のようなものがうかがえる。「どうしたんだい」聞くと者どものうち、年長のほうが「もうすぐなくなる」と言った。

「なにが」「ミロが」

ミロがなくなると子らの騒ぐ朝だった。

この家にはこれまでミロという文化はなかった。飲み物といえば麦茶一択だ。それがこのところ、ぼちぼちとミロの評判を耳にするようになり、何がいいのかはよく分からないいままよい印象だけ育ててきた。そこへすっとスーパーで特売されているのが目に入り、そんならと買い、ミロは家に登場した。

登場以降、子らの熱狂は目に見えぬ静かなものではあったが確かでもあった。娘はミロがあることを楽しみにして起床がスムーズになり、息子はシェイカーを使い入念に粉をといて心して味わっていた。

「わかった、新しいの買おう」と言うと村人たちは安堵して散った。

午前のうちから娘とめがねのレンズを替えに行く。視力がやや下がり眼科から処方箋を受け取っていた。店員さんは娘のめがねを見ると、だいぶゆがんでますね、と言う。すこし力をかけてゆがみをなおすので、もしかするとその力で壊れてしまうかもしれません。もしそうなってしまった場合は新しいフレームをご購入いただくようになりますが、それでもよければ作業します、というのでかまいませんとお願いし、しばらく店内で待っていると、ゆがみがなおりましたのでレンズ交換いたしますと声がかかった。

レンズ交換の終了時間が印字されたレシートを持って裸眼の娘の手をとり店外に出ながら、さっきの、もしゆがみを取るうえでめがねが壊れたとして、そして私が店員だったとして、お客にそれをどう伝えよう、と思った。

お客は「もしかしたら壊れるかもしれない」ことは了承済みである。しかしその人のめがねが壊れたことなど、了承はあれども伝えづらい情報でしかない。どうことばを選んだものか。

「壊しちゃいました」はまずい。とはいえ「壊してしまいました」だとそれはもうちゃんと壊した人のことばだ。ああそうか「壊れてしまいました」でいいのか。

うちの母の叱り文句に「壊れた、のではない、壊した、のでしょう」というのがあったが、この場合は「壊れた」を使っていいシーンだ。つよい力をめがねにかけはするが壊したのではなく、めがねは壊れた。

それにしても、ゆがみをとるうえで、本当にめがねが壊れることがあるんだろうか。年間レベルでいけば数件はあるか。めがねが壊れるというのはショッキングなことだ。壊れためがねは物体として神妙だと思う。

こういうあれこれはめがねをかけている人にとっては当たり前のことなのだろうか。私はめがねをかけてこなかったから、すべて神秘的に受け取っている。

レンズがはまるのを待つあいだにちょっとよいバゲットと生ハムを買う。親戚からもらった高級なバターがあり、地肩の強さを全力で発揮してもらうための買い物だ。

仕上がっためがねをかけて、娘は「見える見える」と可笑しがっていた。よく見えることに対して「うける」ものなんだな。

「どうちがうの」聞くと「葉の一枚一枚がよく見える」と言う。

「葉の一枚一枚がよく見えるだろう」というのは子らの父のことばなのだった。父は娘が最初にめがねをかけた日にそういって祝福した。これからも娘は目がよく見えるたびに葉の一枚一枚をまず確認するのだなと思った。

帰りに最寄りのスーパーに寄るとミロがまさか特売の札もなく、特売で買ったミロと同額であった。ここは、ことさらアピールすることなく安売りするスーパーとして有名で、実力を見た思い。灯台ミロ暗し。ここで買えば一生ミロが特売価格だと思うと子らのために毎度買う気持ちも楽でありがたい。

うまいバターをパンで食べた。「これはうまい」と私が旺盛にはやしたので子らもその迫力によりいっそううまさを感じたようだった。うまさは迫力にやどる。そして生ハムはいつ食べてもしょっぱい。

追加のパンを切るのに台所に立ち、戻ると息子が箸でつまんだ生ハムを窓からの光に透かしていた。

午後はまた出かけ、帰ると今度は娘がプラスチックの定規を光に透かしており、子どもはこうしてよく透かすが大人はあまり透かさない。

ふすまに海を

6月12日（日）

息子が起き出した様子を察知することにより私も目をさました。

娘は泊まりに出かけて不在の朝で、こういう日はおもしろがって朝ごはんをいつもの台所のテーブルではなく、居間のちゃぶ台で食べようか、みたいなことをする。

家の人のうちの誰かがひとりでもいっときいないのはおもしろい。ちょっとわくわくする。物理的にスペースが空いて部屋が広々するし、「どうしてるかな」と寄せる思いが珍しい。

私は5人きょうだいの長女として育った。父母も含めて実家は7人家族で、子どもなんてひとり減っても4人いるわけだからそんなに変わりはないようなものだけど、それでも誰かしらが修学旅行だとかで不在にするとずいぶん空気は違うもので「少ないね」「少ないねえ」などと話して面白がった。

居間での朝食、テレビをつけてみるけれどとくべつ観るものはなく、仮面ライダーか日曜美術館かと迷って日曜美術館を流しておいた。奈良の唐招提寺の国宝の鑑真和上坐像と日本画家東山魁夷による障壁画が特集されており息子とふたり観入る。我々は寺にも日本画にも彫刻にもまったく疎く、ただ「ほう」となった。

唐招提寺の障壁画は並ぶふすまに見事に海の波が描かれたものだ。ふすまに海を描くのがなんというか単純に意外で、それは息子も同様だったらしく「ふすまに海を」「ふすまに」「ふすまの迫力」と言い合った。

適当に掃除など家事をして、あとは仕事をしつつぼやぼやする。

外に出なくとも晴れとわかる、窓の外の明るさと日の輝きの強い日で、友人に「いい天気だね」とLINEするほど。

いい天気の日は、珍しいものでもないのに、こうしていちいち感動するのだから力がある。天気は挨拶でとりあげる事象の定番で、それは誰にとっても共感があって誰にとっても等しく同じであることだからだけど、それに大いに、人の心を単純に打ち動かすのだろう。

台所で作業をしていると息子が居間と台所を隔てるふすまをドバンと開けて「おれはいつか怒られるのだろうか」と言った。

聞けば、これまでにたいして怒られたことがない、恵まれすぎている、しかし今後いつかは失敗してこっぴどく叱られることもあろう、それが怖いという。

幼児期、いっぱいいっぱいの私が息子を強く叱りつけてしまったことが数度あり、そういうことがあったはずだけどね、と言うと「覚えてない」と、恵まれているのは恵まれているだろうし、それにつらいことを適切に忘れる能力もしっかり備わっているんじゃないかと伝えた。

昼は適当にそれぞれ冷蔵庫にあるものですませ、そのうち娘が帰宅、おみやげにカステラと個包装の羊羹《ようかん》の詰め合わせを持って帰ってきた。我先にとみんなで食べる。

息子は羊羹が好きで好きで、ほうっておいたら飲むように3個食べており、気づいた私と娘でキーキーけん制した。

夜はからあげを買ってきた。ひとつ偶然にも完全に北海道の形をしているのがあって盛り上がる。

テレビのニュースでは陸上の日本選手権の様子が流れた。中距離の競技を観た娘が「すごい……あんなに速く……」と感心している。中距離はしんどいってよくいうよねえなどと私も息子も感嘆し、すると娘はあまり見ないきわめてきりっとした顔で「私は歩くよ」と宣言したからつい笑った。一歩も走る気はないらしい。

食後、もう6月がずいぶん進んだのに居間のカレンダーが5月のままなのに気づいて娘がちぎった。受け取った5月は裏になにか書くかもしれないから、捨てずに畳んだ。

きっとうまい肉だ

6月26日（日）

台所で洗ったレタスを手でちぎっていた。背後から「ねじりながら歩いていくね」と娘の声がする。ちぎったレタスをテーブルに並べた皿に配る向こうを、胴体の腰から上を右へ左へまわすように娘が横切っていく。

「いいねじれだね」と言うと照れていた。

息子は朝早くから部活に行き、残った娘とふたりでレタスにサウザンアイランドドレッシングをかけて食パンと食べる。

ドレッシングはゴマのばかりを買っていて、ひさしぶりになにか別のものをと、スーパーで棚を眺めてサウザンアイランドドレッシングって、そういえばあるなと手にとり、もしかしてはじめて自分で買った。

パッケージにはジャガイモの写真が載っていて、じゃがいもに使うのが一般的なんだっけ。ドレッシング界では早いうちから世にあるもののように思う。変な名前で色が濃い。

朝から暑くて、朝ごはんを食べてしまうともうなまけた。予定のない休みの日、床にヨガマットを敷いて腹ばいになって本を読む。

ここのところ風の強い日が続いて、今日も朝から窓が強く揺さぶられている。「めちゃ風が吹いている」「風強いね」「揺れるなあ」など娘とふたり、風に対して思ったことをどんどん声に出した。

「これは、雲の動きは相当早いんじゃないかな」と、私と同じように横になってまんがを読んでいた娘だがさっと立って窓を開け上空を見て「いや、そんなでもない」と窓を閉めた。

「そして外は暑い」とまたすぐ寝そべってまんがを開き、娘はさっさと立ったり横になったりできてすごいな。私は貧血のたちだから、そんなにすばやく立つなんてできないんじゃないか。

思ってやってみたら立てたけれどたぶん娘ほどにはすばやくなかった。

風の音にまぎれてキューーンキューーンと犬が鼻で鳴くみたいな音がして、どこかの飼い犬に何かあっただろうかと耳をすますとどうも隣家の掃除機らしい。調子が悪いのか、作動音が犬だ。

うちは掃除機こそは絶好調だけど洗濯機の調子がもうずっとよくない。たまに変な音を出すから仲間だ。隣近所の方々とは、顔見知りで会えばにこにこ挨拶をしあい、天候を憂え、それなりに気遣いあって暮らしているものの、友達ではない、交流はない。でも物理的にとても近くにいて、すると家電の不調を知りあう。

昼は娘と適当にあるものを食べた。ナスのマリネを作っておいたら娘がどんどん食べて、家族が積極的に野菜を食べているのを見ると得した気持ちになる。今まさに健康を入手している感覚があるからだろう。きのう安さからスーパーで買ったチータラも食べた。

午後になって息子が帰ってきた。水でしめたうどんに冷やし中華のタレをかけたでためな麺を出してやると食べ、するともうまたすぐに出かける、帰りは夜だという。友達と遊んだあと、晩ごはんも一緒に食べてくるんだそうだ。

何を食べるのか聞くと、よくわからないけど友達の家がなんとかしてくれるみたいで、なんか、焼肉みたいな、とにかく肉、肉をいっぱい食わせてくれるらしいと、夢みたいなことを言って、失礼のないようにとよく聞かせつつ、とりあえずありものだがお菓子を持たせて送り出して台所に戻ると入ってすぐのところの壁に娘が顔を伏せていた。

「きっとうまい肉だ」

兄が肉をエンジョイすることを聞いて落ち込んだようで、本当にこの人は常々兄と同等のよろこびを享受できないことに丁寧に丁寧に憤りを感じており感心する。

じゃあ私たちも夜はファミレスにでも行こうかとなぐさめて、すると娘は気持ちを立て直したようだった。ついでに私も晩ごはんを作らずに済んでしめしめという気持ちになるし、何を食べようかと午後じゅう楽しみだった。

掃除をしたり本を読んだりしてじっと晩を待ち、連れ立ってファミレスに行って、娘はとんかつを、私はスパゲティを食べた。

以前に来た際にはなかった注文用のタッチパネルが導入されており、なんとなく娘が注文履歴の画面を開くので見ると、いま私たちが食べている料理の写真の隣に「再注文」というボタンがある。

「もしこれを押しちゃったら、同じものがもう一度来ちゃうんだね」娘が言うので、おそろしいこと言わないで！とふたり怖がった。街にひそむ恐怖だ。

おいしかったね、来てよかったねと帰る道中コンビニでアイスを私も娘もそれぞれ選んで買って、家で食べていると息子も帰ってきて、肉はたいそううまかったそうで、娘は怒った。

大人に連れていかれる

8月28日（日）

結局朝になっても台所の床に虫は這って出なかった。

きのうの晩、撒くことで隠れていた虫が床の見えるところに這って出て死ぬという効果のある薬をおそるおそる使ったのだけど、拍子抜けした。

この事実だけを証拠に不在は証明され得ない、確実にどこかにいるはずだと、起きてきた息子は言っている。別の隙間にいるんだろうか。とりあえず静かにすごすことにした。とりあえず静かにする、そうやって物事に白黒つけずやりすごすことは、最近になってようやく覚えた。便利だ。

かこさとし展を観にいく日だ。開催を聞いてからずっと、終了する前に行かねばと、行けるだろうか、むずかしいだろうかとはらはらしていたがうまく都合がついた。子らを誘うとついてくるという。

渋谷の駅に着いて会場へ向かう途中で雨が降ってきた。事前予約で人数制限がされているとはいえ混んでいるだろう。でも雨が降ればもしかしてもしかすると客足が遠のき観て歩くのに余裕が生まれるかもしれない。

思いながらっせらっせと3人で歩く途中、からすのパンやさんの、からすのお父さんのぬいぐるみを抱いた子とすれ違う。

ああ、もうすでに良いな。かこさとし展の良さが渋谷の歩道にまで染み出ている。東急本店に沿って歩くと、壁にとりつけられた催し物案内の小さいウィンドウにからすの親子やだるまちゃんのぬいぐるみが飾られておりまた声を出した。血がたぎる。

会場は、雨でもしっかり混んでいた。混んだなかをひとつひとつありがたく観て歩いた。パワフルに描かれた絵本作家になる前の作品からもう感じ入るものがあり、娘と「わっしょいわっしょいのおどり」という群像に感激し、もちろん『からすのパンやさん』や『だるまちゃん』シリーズの原画も堪能して、それから『とこちゃんはどこ』も『ことばのべんきょう』も、偶然古書店で手に入れて息子が小さいころよく読んでいた『よわいかみつよいかたち』の原画まであった。

娘はからすのパンやさんの、あの伝説的な、さまざまなパンが並ぶ見開きのページを見て「一生見ていられる」と言い、そのとおりだ。あれほど「一生見ていられる」が正しくことばの意味通りであるページはない。

息子も図解が好きだからきっと喜ぶと思ったが、案外しれっとしている。馬場のぼるは大好きなのに。物販ではまさかかこさとし作品ではない作品のポストカードを買っていた。

娘は『あさですよ よるですよ』というエンドウ豆の子どもの一日を描いた作品を選び、

その選択眼に感心する。娘と私はかわいい感が根底の部分で強く合致している。

深く感動し興奮した私、楽しむも冷静な娘、ひっかからなかった息子とサーモグラフィーがきれいにグラデーションになって帰宅。午前中の整理券が取れず昼どまんなかの時間を予約したものだから、帰るともう14時でお腹をすかせての帰宅になった。

私はお腹がすくとつい素直に「お腹がすいたよう」と、声に出して発表してしまう。子らを含め、周囲の人たちはいつも静かで感心する。それなりに緊張するシーンでも私は「お腹がすきましたね」などとカジュアルに空腹を人に訴えるところがある。

昼を食べお腹を満たして、娘は展覧会に圧倒されたらしく昼寝した。実際、美術館へ行くとすごく疲れると娘は言い、お金を払った結果疲労するのは、払った甲斐が可視化されたようで手ごたえがあるなと、意地汚いことを考えた。

それから夕方は狂言を観にいくのだ。夏の終わりで気が焦ってとんでもなく豪華な一日にしてしまった。

狂言は、地域の文化施策で毎年小学校の高学年の子どもとその親が招待されるもので、息子が小学生のころに参加し、すばらしい機会だった。

名前を知っているけれど観たことのないカルチャーを、実際に観るといつもおどろく。自分が浅くそのものについて「だいたいこんなかんじかな」と思っていたものの先の広々とした景色に圧倒される。

3年ぶりに来たがやっぱりおもしろい。単純に変なのだ。日常でもフィクションでも、一般的に「しゃべる人」がいてしゃべり、それを聞く人がいる。けれど狂言はしゃべる人が同時に複数人いることがあって、あんなにうるさいことは普通ちょっとない。

娘はせりふの意味がいまひとつ摑み切れなかったようでややぽかんとしていたから、今日はかこさとし展も狂言も、どちらも最大限堪能したのは私だけで、子どもたちを「大人に連れていかれた」人にしてしまった。申し訳ないようで、自信をもって、これでよかったとも思う。この手の休日の大人のジレンマは、けれど子どもたちが10代になりもうそろそろ終わる。

帰ると息子がレトルトのハンバーグを温めておいてくれた。みんなで食べる。テレビをつけると水木しげると妖怪についての特集番組が放送されており今さっき狂言を観たばかりなのにそのうえからさらに入力を重ねてしまうのはもったいないと思いながらもどうしても興味があって観た。

あとで、息子に3年前に狂言を観たことを覚えているか聞いたら、忘れやすいことをややアイデンティティにしている息子だけれど覚えていた。

このまま無印良品に飲み込まれる

9月18日（日）

朝、インターホンが鳴ると宅配業者で、千葉の親戚から毎年送られてくる梨が今年も届いたのだった。

平たいダンボール箱を開けると、丸いものがひとつひとつ納められるようかたどられた発泡スチロールの緩衝材の上に梨がきれいに並んでいる。贈答品としての果物の気高さに敬礼して冷蔵庫にうつした。

梨の受け取りの音で起きたらしい息子がやってきて「梨の箱に梨が入ってる」と言った。たしかにダンボール箱は側面に表示されたものがちゃんと入っているとは限らない。別の親戚がよく畑でとれた野菜を送ってくれるが、おそらくスーパーでもらったのだろう、お菓子やインスタント麺のダンボール箱が使われるし、うちでは「ZOZOTOWN」と書かれたダンボール箱をローリングストックの豆乳入れにしている。

私は明日から夏休み。最後の営業日でこまごまとやることがあって力強くすすめる。

息子はまだぬるい梨をむいて食べた。冷やさずに食べてしまうのはもったいないと思ったが、いただいたばかりでたくさんあって今は心が広いから何も言わずにおく。

やがて娘もあらわれ、全員そろっての昼、料理をする時間が取れず作り置きもなくて、郵便局に行く用事のついでに近くのローソンでなんとかすることにした。

このローソンはすこし前にリニューアルしたタイミングで、無印良品の商品を並べるスペースを広く新設した。文具と化粧品と、あとお菓子にレトルト食品も並ぶ。棚がまるまるふたつ充てられ、コンビニがちょっと無印良品の商品を置いているのですよという程度ではもはやなく、一角がすっかり無印良品の店舗そのものになった。

無印良品というのはその商品群のシンプルさや無印という名前から、無色透明で存在感を発揮しない、すでにあるものを邪魔しない奥ゆかしさが特徴のように思わされがちだが、違うと私は思う。

これまでローソンだった場所が、無印良品として過激に無印良品化した。その様子は、どぎついといってもいい。無印良品は商品につけるキャッチコピー（「○○を○○して○○しました」といったような）や店内のＢＧＭも独特でよく話題になる。実は異常にユニークなのだ。トリッキーでエキセントリックではないが、個性的といってもいいと思う。すっかり感心し、おそれた。このローソンはこのまま無印良品に飲み込まれるのではないかと思うほどだ。

無印良品であれば飲み込むことはまったく可能だろう。ローソンに無抵抗感すら感じる。無印良品は強烈だ。

長嶋有さんの小説『パラレル』にも、主人公が友人の部屋のすべての品が無印良品で買ったものだと気づくシーンがあった。現代の日本の文学における超重要シーンだ。

そうして、無印良品のパスタソースとどんぶり用のレトルトを買って帰って食べたらうまい。私はごはんにかける麻婆豆腐を、息子はユッケジャンを、娘はポモドーロをスパゲティではなくごはんにかけて食べてそれはそれはうまがっていた。

それから息子はきのうパンクした自転車を修理しに自転車屋へ。

パンク修理でいけるものか、チューブやタイヤの交換が必要になるのか……素人では分からなすぎて、いくらかかるだろう、とりあえず５０００円持たせたところ、息子からＬＩＮＥで「結果が出ました！　お値段は……」と送られてきた。

お値段は……？

あとが続かないまましばらく、テキストは結局届かないまま息子本体が帰宅したから笑う。「結果はパンク修理の工賃１０００円でした」と口頭で発表された。

自転車屋の人がとても優しかったらしい。自分には普通の接客だったが、自分のひとつ前のお年寄りのお客さんにとても親切に優しく接していたのを見たそうだ。対象が自分ではないとしても優しさを感じ、そういう人が自分も対応してくれる安心感は大きい。

午後は娘は遊びに出かけ息子も図書館へ行った。私は娘が出がけにくれたチョコボールをふがふが流すように食べながら作業を続ける。

子どものころに読んだ少女まんがで、作者もタイトルも忘れてしまったのだけど（谷川史子先生の作品だったか……）、登場人物の男の子が女の子にチョコボールを渡すシーンがあった。男の子はこう言う「さっき駅で、お札を崩したくて買ったんだ」。

そのとき私はまだ小学校の、中学年か高学年の子どもで、お札を崩すためにお菓子を買うことが、大人には（まんがの登場人物はおそらく高校生だが当時の私にとっては大人だ）あるのかと鮮烈だった。大人っぽさを世慣れたところに感じたことを思い出した。

夕方になり息子が帰宅し、私はまだ作業が終わらず集中していて、なにか息子が音楽をかけているなと思った。

はっと気づくとそれはセミの鳴き声で、しかしここが室内とは思えないほどすごくクリアで大きく聞こえるのだ。気づきながらもセミの声をわざわざ息子がYouTubeかなにかでかけているのではないかと思うほどだった。

どうも家の壁にとまって鳴いているらしい。

「セミの声でっかくない？」「壁で鳴いてるねこれ」息子と話していると娘も帰ってきて、「セミうるっさいね」と言った。

悪口は味

10月7日（金）

子どものころのことがもうずいぶん遠くなった。ふとなにかのきっかけで生きる時間の進む針に古い記憶がひっかかってすーっと糸が引っぱり出されるように思い出すことはあるけれど、景色はぼんやりだ。そこから解像度を上げるのには気合とカロリーがいる。努力して思い出そうとしないと、なまければ過去は見えないものになりつつある。そう思って最近あわてて、高校の先生のことを意識的に思い出していたのだ。演劇部に入っていた。顧問は国語科の山岡先生だった。

学校の先生にはあまり重い思い出を感じずにこれまできたが、去年くらいからこれまでになくよく本を読むようになって、そういえば山岡先生に戯曲の面白さを教わったのだと思い出した。

朝焼いた安い食パンを食みながらまた食パンのカロリーを糧に思い出す作業をしていた。起きてきた息子に、高校のころの先生の、下の名前がどうしてもわかんなくって、今どうなさっているか調べようがない、というような話をする。

息子はテーブルにつくと目玉焼きにケチャップをかけた。最近あたらしく買ったケチャップはこれまで使っていたものにくらべ赤が鮮やかで、それが我々の間では話題だ。

「赤い」「やっぱり赤いな」

「私みたいにむかし世話になった先生、今どうしてるかなーと思う人って多いんじゃないかな」

ケチャップの赤さをふたり目で追いつつ言うと、息子は「無限に感動話でてくる予感するね」と、「学校の先生は感動箱だもんな」などと私も返すから、もう感動的ではなくなってしまった。

いただいた梨を食後にむいて食べてうまいうまい。果物は心がダイレクトに豊かになる。おいしいだけじゃなく画としての美しさがそう思わせるし、ビタミンとか入ってるんでしょう？といった実利的な気分も大きい。

のっそり娘が起きてきて、パンも卵も食べずに最初に梨から食べた。この人は本能的な人なのだ。

制服に着替えた息子がいっちょうドラミングをしてから学校へ行こうかと言うが、胸をたたく手がパーで意外だ。

え、パー？グーじゃないの？と私はグーでドラミングをする。いやパーだよと息子は言って、スマホで調べて「やっぱりパーらしいよ、グーのドラミングのイメージは映画の『キングコング』の影響だって」と出かけていった。

そうだったのか。見送った。

朝は生気の少ない娘も静かに出かけていくからはげますように送り出し、私も仕事へ。事務所へ出かける前に用があって丸の内方面へ行く。

東京に長く暮らし、千代田区のあたりはもうおおむね一度は行ったことのある場所ばかりなんじゃないか。今日も行先自体は初めてだけど、最寄りの駅は使ったことがあるし、歩くうちに見覚えのある場所を通った。

施術を受ける前に風呂に入って風呂場で鉄の棒で頭を揉むように言われたエステの入居するビルがある。むかし付き合っていた人とけんかするも、険悪なのは私だけで相手は終始のんきでいよいよ怒りながらごはんを食べた店の前も通った。

会社へ行って仕事を終え、早めに帰ると後ろから娘がちょうど帰ってきた。手のひらに焼き物を乗せている。

粘土をこねて造形して焼いて、図工の時間に作った「焼き魚定食」だそうだ。インナーワールドを表現してみましょう、という課題だったそうで、娘にとってそれは焼き魚の定食だと思った、とのこと。

インナーワールドが定食なのは意外だが、小さい定食の一式はとてもよくできており旺盛に褒めて飾る。ごはんのお茶碗の中で米粒が「米」の字に並べてあり、続いて帰宅した息子が「茶碗の米が米の字なんだなあ」と感心していた。

それから、フライパンでミールキットの炒め物を作って晩ごはん。テレビをつけてのろのろちゃぶ台に集まり食べる。

ちょうど子どもの成長についてテレビで取り上げられており、話題の流れで息子に対し成長に関して無遠慮なことを聞いてしまった。「それはレッドカードですよ」と子どもたちふたりともに制され大いに反省する。

ふたりとも、常々とても良識的だなと思う。ひとに配慮があるし、配慮を求めることもできる。そういう教育を受けた世代なんだろう。それではっと思ったのだけど、子どもたちから人の悪口を聞いたことがない。悪口という文化ももしかしたら滅びつつあるんだろうか。いや、そこまで人間が強いかどうか。

悪口は味だ。言うことを知り味を知ってしまうともうやめられない。私も悪口は大好きだ。

子どもたちはその味を知ってしまわないように気をつけているように見える。いちど麻薬をはじめてしまうと後戻りできないことを知って、それで忌避しているのと同じように。親に言わないだけというのもあろうけれども、そんな風に感じさせる。

と、ぼんやりしていたら、風呂に行く途中の息子に「罵詈雑言の一種で『なんとかなす』ってあるじゃん、あれなんだっけ」と聞かれた。「おたんこなす、かな」

おお、ありがとうと息子は去った。

おたんこなすってそもそもなんだ？　調べた。

10月16日（日）

黒か紺か

死ぬかもしれないと思う家だ。

この家はあぶない。本棚と称した、天井裏へ届く急な階段がある。

私は夜、身をひそめて天井裏に寝ているため、毎晩その階段をのぼり、そして翌朝になれば降りる。

のぼりはましだが、朝のくだりがてきめんに死にそうだ。階段の上から下までは3メートルくらいはある。いちど降り切る前の最後1メートルくらいのところで足をすべらせ、階段の下にある台所のテーブルめがけて胸骨を突き出した状態で落ちたことがある。胸骨の隙間に台所のテーブルの角が合体した。凹が骨で凸がテーブルの角というあんばいで。大事にはいたらなかったが、それなりに痛かったしおそろしかった。

下手すると死ぬぞとの思いは年々増している。たぶん、潜在的にひやっとした回数が積み重なっておそろしさに拍車をかけているからだろう。

すべる以前にこの階段は、天井に頭を打つことも多かった。何度か強打してそのうち頭が参るんじゃないかと思うほどだったが、いつか、危険を知らせるために緑色の養生テープを10センチくらい3枚ちぎり、等間隔に天井から半分ぶら下げるように貼ったら頭をぶつけることはほとんどなくなった。よく軽トラが荷台からはみだして長い棒を積むときに赤い布を下げるが、あのイメージで貼った。効いた。

階段のほうは自力で工夫をするのが難しそうで、なじみの工務店さんにきてもらって手すりを付けてもらうなりしたほうがいいんだろうな。

面倒だ。

死を防ぐほど大切なことにもかかわらず面倒とはどういうことなんだろうなと思うが面倒は面倒で、うなりながら食パンを焼いた。

卵も焼けて、週末で学校はないものの、物音からどうもすでに起き出しているらしい息子に「パンあるよ」と言ったら笑いながら「え、なに?」と聞かれ「え、パンあるよって」と繰り返すが、その「パンあるよ」があまりにも早口でなめらかすぎて何語かはわからないが少なくとも日本語ではない「per are yo」みたいに聞こえたらしい。

パンを食べながら頃合いを見はからって娘も起こす。

最近娘は寝床に横たわる際、頭の位置をきまぐれに変えているようだ。ベッドのこちら側に頭がある朝と、向こう側に頭がある朝がランダムにめぐっている。

人生をあますことなく楽しむとはこういうことなんじゃないかと、深く私は感心していて、ただ本人に伝えるとそのことに意識を向けさせることになる、それは良くないように思えて黙っている。

今日の頭は向こうだった。起こすと布団の外が寒いと、だから起きたくないんだと言い、娘を起こす難易度が秋になりぐっと上がったのを感じる。

朝食を終えるとふたりとも遊びに出かけていった。それぞれに昼は友達と食べて夕方帰るそうだ。

掃除をして洗濯をして、冷蔵庫の野菜室にあるものでできる作り置きを作って、昼は適当に食べて、それから図書館へ借りた本を返しにいって、クリーニング屋さんに息子の制服の夏服を預けるうちにもう夕方になってしまう。

おそるべき日のすぎゆき。

行きつけのクリーニング屋さんは現金払いだと安い。普段私はほとんどカードやバーコード決済を使うものだから、もはやこの店でしか現金を使わないのではと思うくらいなのだけど、それだけに硬貨を出すのがおぼつかず、500円と間違えて10円玉を出してしまった。店員さんに「あの……」と教えてもらった。

500円の代わりに10円を出すというのは、たとえば100円と間違えて50円出すのとは違って足りなさが派手だ。

「わ、こわすぎましたね、すみません」と財布から500円を取り出すとおそらく「こわすぎ」というのが店員さんにうけて笑ってくれた。とはいえ実際本当にこわかったと思う。

帰ると娘が帰っており、頭をなでた。娘の頭は髪の毛が多く、なでると手のひらに毛量と毛圧をふんだんに感じ、豊富であること、豊かさの概念そのものにふれる思いがする。

もうすっかり夜になり、息子が冬にそなえて納戸に吊るしてあったピーコートを取り出した。今年の春だったか、知り合いからおさがりでもらったものだ。

居間の縁に吊るして風を通しながら、あれ、と思う。「これ紺だよね？」

黒か紺かを確かめる時間というのが人間の一生にはある。人生に対するその時間の割合は人それぞれだろう。私はそれなりに多いほうじゃないか。

たいていは日にかざせば判明するのだけど、日が落ちたあとだというのもあって自信が持てない。息子は、いや、黒でしょうと、かなり自信がありそうだ。え、黒なのかこれ。

最終的に黒と断定はしたもののいつまでも怪しく、こんなに時間をかけて紺か黒かを見定めたのははじめてかもしれない。紺だと思っていた期間が長すぎたのだ。いただいたときからずっと紺だと思っていたから、時をとりもどすのに時間がかかったんだと思う。

夜はスーパーで鍋つゆの素を買って鍋にしたのだけど、あまりおいしくできなかった。とくに締めのおじやがよくなかった。

私は本当に料理がだめだなと反省して、でもそのあと、23時もまわってまた屋根裏に戻り横になるころ、もしかして鍋つゆの商品レベルが低かったのではと、そちらに疑いの目が向いた。

そんな個性的な営業時間　10月22日（土）

この家には壁掛け時計が居間にひとつしかない。にもかかわらず、表示は信用ならない。引っ越してくる前だから、もう15年以上前にフリーマーケットで気に入って買った四角いプラスチックの時計だ。買った当時からほんのすこし針が進むのが早い。使っているうちにじわじわじわじわじわ実際の時間よりも早い時間を指すようにずれてしまう。

遅れた時間を指すよりはましだからそれでいいかと誰もが放って、でもさすがにあまりに実際の時刻とずれたころ戻すのだけど、その場合、時計を合わせたことを家中できちんと認識せねばならない。

面倒なので最近はいよいよほったらかしで、でも時計のことを気に入った気持ちは削がれず、ただ好きな、信用できない〝だいたいの時計〟としてかけてある。

では人々がどこで時間を確かめているかというと、台所の壁にある給湯器の操作パネルなのだった。

操作パネルには風呂のお湯はり状況を示すついでに縦1センチ、横3センチほどの小さで時刻がデジタル表示される仕様になっており、全員がその小さな小さな時間を日々、見る。

娘は目が悪いから、朝めがねをかけずに起きてきたときなどは目を細めて顔を近づけ給湯器のパネルをのぞき、そのさまを見るにつけ、これはなかなか独特な時間の把握のしかたをしているなと思っていた。

のだけど、いつだったろう、あれはもう1か月前か、その液晶パネルの時計の部分が「8:88」で点滅して時刻を表さなくなってしまったのだ。

給湯器を稼働しない、切っているあいだは時刻をうつしてくれる。でも、稼働させると「8」が点滅してしまう。

もともとこの給湯器の時計は非常に繊細で、ブレーカーが落ちたくらいで設定しなおさなければならないから、またなにかのきっかけで初期設定に戻ってしまったのかと思った。でもどうも違う。

ネットで検索してみると、給湯器の設置から10年をすぎると点検をよびかけるためにこうして時計の部分の表示が点滅するようになるのだそうだ。

「へ〜！」だ。感心した。知らなかったな〜〜っ！と、心の底から感じた。

そして、面倒だな〜〜〜〜っ！と、素直に思ってしまった。

いや、分かるのだ。必要だろう。検査は。給湯器のようなタイプの製品になにかあったら家が燃えるわけだ。

それにたしか10年前に給湯器を取り替えたときは急に壊れた。あわてて手配して取り替えてもらって、そのときに、来てくれた業者さんから給湯器は10年が取り替えの目安なんです、こちらは10年以上使われたようですから、ご長寿のほうですと説明されたものだ。壊れずに10年目を迎え、そうして検査の時期ですと訴えてくれているのはむしろありがたいことなのだろう。

1週間だか2週間のあと、ガス会社からの定期点検が回ってきた。なんだ、待っていれば勝手に向こうから来るものなのか。よかったよかった、と思ったのは勘違いで、来てくれた点検員さんに聞くと、時計が点滅するのはうちでなく給湯器のメーカーさんに連絡してください、この検査とは種類が違うのですと言われ、さまざまな点検が世の中にはあるのだ。

結局それでまたぼやぼやして日々をうつろに過ぎゆかせたころ、圧着ハガキが届いた。給湯器のメーカーからだ。圧着を剝がすと「点検をおすすめします」と書いてある。なにとぞぜひお願いしますと思うも、点検には1万円がかかるとハガキには印字されていた。

おう。

そうか。

そりゃ、ただで何かしらのサービスを受けようなんて甘い話だ。私もお客さんから給湯器の点検に来てほしいんだけど、ただで、と言われたら「ちょっと待ってくれ」と思う。いくばくかはくれと。1万円くれと。なんなら5万円欲しい。

それは私が5万円が欲しいだけなのだけど、1万円申し受けますという、心情、じゃないな、企業なのだから事情はわかるというものだ。ただどうしても1万円にひるんで結局またハガキは受け取ったままにしてしまった。

起きてきた息子と朝ごはんのパンを食べながら、点検に1万円かかることを相談すると「1万円払うのだからそれはもうよほど点検をしてくれるのだろうよ」と言う。

「大点検時代がはじまるほどに、点検、してくれるのだろうよ」

大点検時代が……。それは見てみたい気もする。

ハガキには、これまで給湯器が何回着火をし、何時間稼働したかを教えてくれるとも書いてあった。たしかにちょっと知りたいのだこれが。

土曜日で家族全員休みの日、郵便局のＡＴＭに入金の用があるもなかなか手が離れず、やっと外へ出ていくと天気も季候もよくて秋だった。

郵便局に着くと閉まっている。土曜日だから郵便や保険の窓口が閉じていることは分かっていたのだけど、ＡＴＭなら土曜日は開いているのではなかったか。

なかをのぞくとＡＴＭは暗いなか鎮まっていた。

店頭の営業時間の表記を確かめる。土曜のATMの営業時間が「9:00～12:30」とあった。

そんな個性的な営業時間でやっていたのか。

時刻は12時50分。かみしめて駅前の郵便局まで足をのばし事なきを得た。このあたりにはやたらに郵便局がある。自宅からの徒歩圏内に3つもあって、郵便体制が手厚い。引っ越してきたころは八百屋も多く、なんでこんなに郵便局と八百屋がと思っていたものだが、おどろくほど順調に、というのは語弊でしかないのだけれど、八百屋は次々閉業、一軒もなくなってしまった。郵便局はまだ全部ある。

帰って午後もあれこれ片づけなどをして、夜から仕事。晩ごはんの時間帯に家に不在になるから、ごはんの支度をしておいて子どもたちに先に食べてもらうことにした。ちょうど通りがかった娘に、晩はあれとあれがあって、これは温め返して、ごはんは自力で炊いてなどと伝える。

私は外でさっと食べちゃうから、残しておかなくていいよ、でも量が多いから、無理に食べきらなくてもいいからね、と言うと娘は「食べきるのと食べきらないの、どっちがいい?」と言い、なるほどなと思った。作った料理の保存というのは厳しくケースバイケースで、食べてしまったほうがいいときも、とっておいて明日また食べるのが便利なこともある。その違いは非常に繊細だ。

きっと私が「ああっ、食べ残してる、食べちゃってほしかったのに」と言ったり、と思えば「うわ、なんにも残ってない」などとあわてたりするのを見て娘はそのあたりの機微に気づいたんじゃないか。

今日は、「じゃあ〜〜、できればとっといて」のパターンの日。

仕事はとどこおりなくおわり、以前入れたタクシーアプリから急に届くも使うタイミングのなかったクーポンがあるのを思い出してひさしぶりにタクシーに乗る。

ぼんやりしていたらもう家で、早かったですねえ！　と運転手さんに言うと、「いえいえ、今日はほら、道が空いていましたから」と照れていた。

さっきそばを食べたけど、とっておいてもらった煮物も結局食べた。

夜のとばりのようですね

11月2日（水）

脱衣所から「たいへんだ」と息子が言う声がした。

「どうした」

「もみあげが」

みるともみあげが、太いというか、ふくらんで量が多い状態になっている。

息子は先日自分で前髪をカットした。めちゃくちゃな切り方でひどいことになったものの眼前の髪はなくなり、理容室での散髪を一時的にまぬがれた。

「店で切らないともみあげがこうなってくるのだな」と、セルフカットのいたらなさをしっかり感じ取ったらしい。

娘も起きて、みんなできのう実家の母が焼いて届けてくれたりんごのパンを朝ごはんに食べた。

食べながらふと娘を見ると両手でパンを持って口にはこんでおり、こっそり（かわいいな）と思う。言うと囃《はや》すことになりそうで黙っておく。

シャツにスチームアイロンをかけるのにハンガーを吊るす金具が、居間のふすまの上の、長押《なげし》というのだろうか、でっぱりにひっかけてぶらさがったままになっている。

さっき私が頭をぶつけて、片づけねばと思っていたのにそのままにしていたら息子もぶつけて痛がった。そのうえ息子は冷蔵庫を勢いよく開けた拍子に薬袋が頭上にざらざら落っこちてきて、「今日の悪運は使い果たしたからいいことがあると思う」と、前向きなことを言いながら学校へ行ったのだった。

娘も出かけ、私は在宅勤務の日。

鋭意作業をおしすすめ、昼はスパゲティをレンジでゆでたところに温めもしないレトルトのカレーをかけて混ぜて食べて満足。

宅配便の業者からメールが入り、明日荷物を届けるとの知らせだった。最近の宅配便は事前に配達予告をメールでくれる。

先日新型コロナウイルスに感染し、自宅療養のため家を1週間以上出なかった。その間もなんどか同じように宅配便の配達予定を知らせるメールが届いたが、いつ来てもらっても、何時でも家にいるわけだから、思考なしに時間指定なしの置き配で登録し、あのときは迷うことが一切なかった。これが、健康な私だと、もしかしたら家にいないかもしれない可能性はいくらでもある。夜だって、ふらっとちょっとコンビニだとか、出かけてしまうかもしれない。

自宅療養中はその可能性がまったくない。よほどの緊急でないかぎり、これは絶対だ。あれは強固な未来の確実性だった。宅配便の日時指定によって、在宅の確率の高さそのものに触れられたのだなと思った。

夕方になって作業を終えて、今日は冷蔵庫の食材が豊富で買い物に行かなくてよさそうだななどと考えていると娘が帰宅して、肉や野菜はあるけれど、おやつにちょっと食べるものがない。

今日はいちども外に出ておらず、散歩がてらコンビニまで行ってこようかとおやつの買い出しを請け負った。娘のリクエストはゼリー。

コンビニならバーコード決済が使える。スマホと鍵だけもって出かけて、コンビニでゼリーを探すと、あのお碗型の容器に具がたくさん入っているタイプのゼリーはコンビニで買うと案外高いものなのだな。200円に迫るものもある。

娘のを買うとなると息子のも買ってやらねばならず、いちばん安いのにしてしまえと、それでも140円するゼリーをふたつレジにもっていく。

と、ここでエコバッグがないのに気づくがレジ袋を買うのも惜しく、そのまま両手にひとつずつゼリーを持って店を出た。

ゼリーはにぎるのにぴったりの大きさで、手を振ると歩くのに遠心力が増す。

店員さんは小さなプラスチックのスプーンをつけてくれて、家で食べるのだから断ればよかったのだけどついそのままもらった。

帰ると娘が見て「せっかくだからこのスプーン使っちゃおう」と、ちょっと贅沢のように受け取って食べはじめた。もうずいぶん前だが、ちいさな商店でシャーベットを買ったとき、お店の人が「アイスにはこれがなくちゃね」と、アイス用の小さな木のさじをつけてくれたのを思い出した。

しばらくして息子が帰宅し、夜のとばりのようですね、と言う。在宅勤務の日はたいしたかっこうはしないことが多いが、今日は紺のワンピースを着たのだった。すそに向かって広がるつくりで、手を広げると紺が面であらわれる。なるほど、これがとばりか。

晩ごはんは中華炒めとごはんと納豆とかぼちゃの煮物。

朝、両手でパン食べてたのかわいかったねと、結局娘に言ってしまった。

このままはやく朝にしてしまいたい

11月8日（火）

枕と頭にはさまってぴったり頭の形にそってなでついた髪の毛を逆毛にとかした。毛がうごめくのか毛穴が痛い。

けがや病気の痛みとはちがう、筋肉痛のような無事の痛みで気持ちがよく、毛穴ひとつひとつに丁寧に神経がめぐらされているのを感じる。人体とはまったく凝ったつくりになっている。

パンを焼いて朝食の支度をしていると、明日から学校の修学旅行に出かける息子が起きてきて、持ち物になにか抜けがあるんじゃないか心配なんだけどと言う。

「スマホのモバイルバッテリー入れた？　あったほうがいいでしょう」旅の記録を取るためのカメラとしてスマホの携行が推奨されているんだそうだ。

「モバイルバッテリーってなんだっけ」「電源なしでスマホ充電するやつ」「ああ あれモバイルバッテリーって言うのか」

私が1回、息子は2回短時間に「モバイルバッテリー」と発言し、場がモバイルバッテ

リーの語感に満たされたのを感じた。実物を渡すと息子は受け取った拍子に
「モバ〜」

と言ったのだった。

「ありがと〜」みたいな感じで「モバ〜」。

息子は笑い、わざとじゃなく、自然と「モバ〜」が出たらしい。

娘も起き出してふたりとも学校へ出かけ、見送りがてら郵便受けをのぞいて新聞と一緒に箱根駅伝のキャンペーンのチラシが入っているのに気づいた。

瞬間「もうそんな季節か」と思う。

箱根駅伝の開催にそう思ったのではなくて、箱根駅伝のキャンペーンのチラシにそう感じた。

もう何年も、この時期になると投函されるのだ。箱根駅伝の応援と銘打ち、タオルやらベンチコートやらが当たると書かれている。チラシのサイズも紙の厚みも毎年一緒だ。

ああ、もうそんな季節か。

明るい色の花が咲いて春を、強い日差しにおどろいて夏を、風に流れる落ち葉に秋を、そして吐く息の白さに冬を、もうそんな季節かと感じるわけだが、それだけじゃない、毎年強固にやってくる恒例の何かに対しては、ささいなうえ興味がなくとも、季節を感じるものなのだなと思わされる。

とくにこのチラシは年末の気概が走り出す今の時期にくるから季節の移りゆきが図らずもひとしおなんだろう。チラシにはポケットティッシュが付いていてこれも毎年恒例で、全面に大きく「箱根駅伝」と書いてある。

仕事にとりかかるが、先日、フリマアプリの取引で買った方から理不尽にキャンセルを受けたことを思い出しまたひとしきり悔しんだ。理不尽さとたたかわず、すぐに折れたものだから、もしこう言ったら、ああ言ったらともめる方向に考えてはわざわざぞっとしている。

わざと嫌なことを嫌な方向へ考えて脳で遊ぶ時間が私にはあり、どういう気力なのかよくわからない。そのうち仕事に集中して忘れられた。

忘れられたが今度はこのあいだ買った柿の種の小袋が食べたくて気もそぞろになった。がまんしてがまんして、12時になるなり開けて食べながら、冷凍ごはんをレンジで温めて海苔にはさんで食べて会社へ。

打ち合わせに出たあと書類を提出し作業も進めて終え、最近は日が短くなり帰る時間の景色が夜だ。

娘は塾へ行っており、息子と生協から届いたミールキットの鍋を仕込んで食べる。だしが本当においしくて、おなかが満たされてゆくとか、素材が好物だとか、そういうのではなくただだだしのうまみで満足のゲージが上がっていくのがわかる。

息子は食べながら立ったり座ったり落ち着かず、とりあえず食べきるまで座っていなさいととがめると、座って食べ進めながら今度はなにか口ずさんだ。

息子がはっとして「もしかして……すごくテンションが上がっているのかもしれない」と言い、そうか、修学旅行が楽しみなんだ。そうして息子が口ずさんだ曲が「サンバ・デ・ジャネイロ」だったのに気づいた。テンションがいちばん上がったときの曲じゃないか。

しばらくすると娘も帰宅、あたためて鍋を出すと食べながら「雪見だいふく、どうする」と言う。

きのうファミリーパックの雪見だいふくを買った。小さいサイズのだいふくが9個入っている。きのうと今日、3人がふたつずつ食べて、残りは3つある。

明日早朝から息子は出かけるから、もし早朝のうちにだいふくを食べずに出かけたら、「どうする」かを娘が聞いているのはすぐに察した。

息子は風呂に入っておりおらず、「食べちゃっていいんじゃない？ きっと忘れるよ」と適当なことを言うと娘は「いや……やっぱりそんなことはできない」と言い、日ごろおやつの分配に誰よりもきびしい態度をとっているだけに真摯だ。

いつもより早くふとんに入った。あした朝の早い息子を送り出すからというのが名目だが、朝が待ちきれなかったのだ。

これで明日、家族のだれもが熱を出していなければ、息子は旅に出られる。全員健康な、このままはやく朝にしてしまいたい。

わたしではないあなたたち

11月9日（水）

朝はやく、息子は修学旅行に出かけていった。

ここ数日は家族が誰も熱を出しませんようにと祈ってすごし、実際感染予防で外に出るのもひかえていたほどで、なにしろよかった。

息子はきのうついサンバの曲を口ずさんでしまうくらい旅への期待を高めていた。いっぽうで荷造りに執着せず集合時間にも鷹揚《おうよう》でルーズでもあった。楽しみにはしているけど、力が入りすぎずリラックスしている。

息子や娘は、私なんかよりずっと生き方が上手で洗練されているように見える。ふたりとも、もっとこうしたいとか、こうだったらいいなという理想に薄く、こうだったらどうしようとか、こうはなるまいかという気がかりが少ない。

世界を見たままうけとめしなやかに反応しているように感じる。それは単純にふたりが私自身ではないからそう見えるだけだろうか。

息子や娘にとっても、あなたではない私はちゃんとままならないものなのだろうか。

息子を送り出してしまうと朝の時間は急にゆるまりゆっくり支度した。娘はいつもの時間に起き出してきた。

「行ったんだね」「行ったよ」

娘はそのまま冷凍庫をあけ雪見だいふくの箱をのぞく。「雪見だいふくを、食べようと思う」

きのう、兄が不在になるあいだ、買ってあるファミリーパックの雪見だいふくのうち、兄が食べなかった分をどうするかこっそり娘に聞かれたのだ。

私は食べちゃっていいんじゃないかと提案したのだけど、娘は「いや、やっぱりとっておく」と、日頃食べ物の取り分について家のだれよりも厳密に考えているだけにその一線を守ろうとし、気骨があるなあと思ったのだったが。

帰ってきたら食べると言って学校へ出かけていった。娘はもしかしたら、自分が食べないと母が食べてしまう可能性について夜寝床で思い至ったのかもしれない。

私は健康診断で病院へ。血圧を測って超音波の検査と採血をして、いつものメニューに加えて今日は婦人科の検診がある。かつてここで子宮頸がんの検査にひっかかり数年のあいだ、3か月にいちどの検査を続けた。芳しくない状況が見られ、転院したあとで一転、異常なしの結果が続けて出て通院は終了し、今は年にいちどの定期健診に戻った。

お世話になった先生にまたお会いできるだろうかとちょっと思ったのだけど、いらしたのは別の先生であった。かつての先生はそれなりにお年の、威厳のなかにおっとりした雰囲気のある大柄な方で、でもいちど、なんとなく予定もないのに「このままだとまた子どもを持つのは難しいでしょうか」と聞いたところ、顔つきが急に変わってきりっとなって「そんなことはありません」と断固としておっしゃったのが印象的だった。

新しい先生も同じくらいのお年のようだけどはつらつとして元気で、発言がすべてきっぱりとして頼もしい。以前は見られなかった超音波の画像を見ながら健康な子宮だとほめてくださった。

終えて帰りぎわにスーパーでパンに塗るチョコレートクリームを買う。息子がチョコレートが苦手だから、居ぬ間に食べようともくろんだ。

午後は在宅勤務をおしすすめ、終えるころ娘が帰宅し自然な手つきで雪見だいふくを取り出し食べたのだった。きっといつもよりおいしいんじゃないか。無心のようだったので声はかけずにおいた。

夜は炊き込みごはんと鶏汁。

兄がいないから外食とか出前とか、なにかとくべつなご飯かと思ったのにと娘はややがっかりしたようで、たしかに私は家族の誰かが不在の日に「じゃあとくべつに今日は○○」にしがちだ。家族が行事でどこかへ出かける、それは出かけた当人にイベントが発生してのことだけど、イベントの残り香のようなものが、残った家族にも及ぶのだ。家の人数が変わる日はとくべつの日だ。

炊き込みごはんはこのあいだ娘と一緒に行った無印良品で買って食べるのを楽しみにしていた炊き込みごはんの素を使って炊いたから、私にとっては実は十分イベントなのだった。娘に「お母さんは炊き込みごはんが好きだからなー」とばれて照れた。あしたの朝はチョコレートクリームもあるよ。

旅先からはとくべつ連絡がない。なにか不具合があって引率の先生から電話でもきやしないかと私はつい考えてしまうが、なにごともなく日が夜を越えようとしており、うれしくてもはやわくわくするくらい。

おれはひとりしかいないのに

11月12日（土）

トイレに置いてあるごみ箱は、私にとってはいましめである。

近くにIKEAができたもう10年以上前、とくべつ何の用もなく行って盛り上がってなにか買いたくてつい必要でもないのに買ってしまったのだ。

予備のトイレットペーパーや生理用品を入れるなど利便的に使っているといえばそうな

のだけど、もともとちょうどトイレの前にある納戸に収納できていたのだし、なくてもかまわない。

見るたびに、無駄な買い物だったと自らをいましめている。今日も朝から反省した。

そして反省しながら、私にはこういった、いましめが多いなとちょっと思ったのだった。

いましめとして反省しながら活用するものの多さ。いましめるのが好きなのかもしれない。

まだ布団のなかで横になっている娘に寝床から「がたがた音がするけど風強い?」と聞かれ、そういえば朝からずっと雨戸が戸袋で揺れている。「強いみたいだね」

するとそのうち起き出して、そのまま玄関から外へ出ていくのが音でわかった。娘はこうして朝、今日の野外の具合を体で調べに行くことがある。

「風が強い、あとあたたかい」と居間にかけこんで姿をあらわし、そしてティッシュを1枚すっと軽やかにとって鼻をかんだ。私たち家族は全員鼻炎だ。

休みの日で今日は娘も息子も用がないらしい。私もどこかへ出かける都合がないから、朝ごはんをすませてしまうとあとはもう全員でたるんだ。

掃除機をかけながら、棚にずっと入ったままの綿あめ機とひさしぶりに目があった。ソファに、座ると寝るのちょうど中間の姿勢で乗ってiPadでまんがを読んでいる娘に、作る気もなくただなんとなく「あめあるし、綿あめ作ろうか」と声をかけた。

「うーん」と、私同様やる気なく返事があり、やる気もないのにこうしてことばで「どう?」「いいね」と言い合うことが家庭の中でだけたまにある。

ひとりそれなりに英気のある息子は駅前の書店までまんがを買いに行くという。目当てのタイトルを聞くと連載中の人気まんがの単行本と、「お母さんが苦手そうな鬱々した内容のまんが」と言われ、鬱々とした内容のまんがを、うちの息子と娘は読めることに感心し続けている。私は寂しくなってしまうから読めない。黒いシャツに黒いズボンで全身黒になってしまったという息子に、娘がリュックが紺だからいいんじゃないと赦しを与えて送り出した。

それから最近、息子の上達につられてはじめたピアノの練習をぼちぼち進めた。初心者用の教則アプリをインストールしたら、初歩の初歩から教えてくれて、ド・ミ・ソを1拍ずつ弾くくらいの練習曲に大げさな太鼓など鳴らしてくれておもしろい。下手なうえちょっとしか弾いていないのに大層な伴奏がつき続けるものだから、まんがを読む娘と私でめちゃくちゃに笑った。

それにしても、Cとか、Amとか、噂にはかねがね聞いていた、その実態をようやく知ることができた。Cの和音だけは私ほど音楽に疎い者でもうすぼんやりド・ミ・ソのことではないかと察していたがやはりそうで、あとはGもAmもぜんぜん知らず、これが……という思いで真摯に取り組んだ。

思わず真面目にやって流れない汗をぬぐうころ、娘に「綿あめ作ろう」と言われ、本気ではなかった朝の気持ちがじわじわ私のなかでも盛り上がってはきていたのだ。作ろう。綿あめ機はかつて仕事で使う用もあって買ったもの。土台の上にあめを入れる金具の円盤と、それを囲むプラスチックの溝で構成されている、おもちゃの機械だ。

電源をつないで、スイッチを入れると中心の円盤が高速で回転し、しばらくして温まったところで円盤にあめを入れると溝の部分に綿が現れ、それを割りばしで巻き取ると綿あめになる。

娘は上手で、私は下手だった。ふっくらした娘の綿あめにくらべ、私のはさなぎのようにきつく巻き付いた。

いやいや、そんなことないでしょうと、2回作って2回ともさなぎで、ひとと何か一緒に作業すると、思いもよらず上手下手に差が出ることがある。私はいつだって下手の側だ。温泉旅館にあったF1レースのゲームを幼児のころ妹とふたりでやってはちゃめちゃに負けて、たしかあれが私が生来の勘所の悪さに気づかされた最初ではなかったか。

F1も綿あめも下手だ。さなぎの綿あめはかたくて笑った。

しばらくしてまんがを仕入れた息子が帰宅、娘が「綿あめ作る?」と聞き、少し考えて「いや、いいや」と返されるとすばやく「なんで?」と言っていた。

午後、「もしかして私だけ着替えてない?」と娘がはっとし、本当だ。娘だけがまだ寝巻だ。息子が、座る娘の後ろでおなかをぽんぽん叩いて左右に揺れ、なので私も「やーい、

やーい、着替えてない、もう昼なのに着替えてない」と囃し、そこいらの空いたダンボール箱にぬいぐるみを入れ電車にみたてて「昼なのにまだ着替えてない臨時特急通りまーす」と押して、あらんかぎりの力、できること全部で娘の着替えていない状態を盛り上げた。

「よし」と娘は言う。「今日はいちにち着替えない」「だから今日はどこへも出かけない」強い意志で発表した。息子も私も沸きあがる。

息子はきのう修学旅行から帰ってきたから、今日は洗いあがった洗濯物が多い。乾いたのを畳みながら、シャツも靴下も、全部3枚ずつあると笑い、おれはひとりしかいないのに……としみじみしている。

思考のあさましさに感じるハングリー精神

11月22日（火）

布団に入る行為は、夜中いっぱい、疑似的に布団を皮とすることではないかと思った。布団にくるまる私が眠る様子をサーモグラフィーで撮影したら、部屋全体は真っ青ながら、布団の部分は私もろとも赤く映るだろう。それはつまり、布団ごと自分といえるのではないか。

衣服がそもそもそうだものなと、目を覚ましたあとよくあたたまった布団に横になったままじっくり思い味わった。

布団の外が寒い。のっそりおびえて起き出す。

子どもらを起こしパンを食べ、学校の朝活動で早めに行くという娘が出かけて、在宅勤務の支度をしていると制服を着た息子がやってきた。

「制服のブレザーがちいさいんだけど」

まったく、衝撃だ。10月に入り制服が冬服にかわった。以来平日まいにちブレザーを着ているが、小さいようにはまるで見えなかった。

「そでが、ほら」手をまっすぐ胴につける。なるほど手首が見えている。

「……ちいさいね」「ちいさいんだよね」

……。

……これは……買い替えねばならないのか。

多くの中高生、この多くの中高生とは現役中高生だけではない、過去にさかのぼる歴史上の中高生たちすべてがそうであるように、息子も入学時に大きめのブレザーを買った。

中高一貫の学校に通っており中高で制服は変わらない。あまり大きすぎては不格好ですからと制服販売のベテランとおぼしきお店の方に言われ、多くの中高生たちが選んできたと思われる程度に程よく大きなブレザーを選んだ。それなりにちゃんとぶかぶかで、これなら6年完走できると思ったが、そうはいかないのもまた歴史を越え中高生が味わった想定外だろう。

強い衝撃を受けたのは、単純に買い替えの必要にうちふるえたからだけではない。

春に学校で文化祭が催され、そこで卒業生主催の制服リサイクルショップが出店されたのを私はこの目で見たのだ。ブレザーも複数吊ってあったがまさか必要とはそのとき考えていなかった。ここに大きなショックがあった。

私の顔面の白さを見て取ったらしい息子は「買い替える嫌さを成長の実感に変換してほしい」と言い残して出かけ、がんばろうと思った。

3月まで待って、卒業する先輩からせびれないだろうかなどと考えながら在宅勤務にかかり、集中するうちにブレザーのことは忘れてしまった。

昼を適当にすませて午後もがんばって、終えて掃除ができていなかったのを思い出しあちこち掃く。

洗濯物をたたんで買い物に出かけるなど思考なくあれこれすすめ、風呂を洗おうとして、子どもたちのシャンプーが切れて買った詰め替え用ボトルがさっき届いたのを思い出した。

空のボトルの前に立てて、子どもたちのどちらかが使うときに詰め替えてもらおう、と思ったのだけど、この形のボトルははじめて見るな。

パックのはじを切るタイプではなく、ペットボトルのような円筒の形をしスクリューキャップがついている。もしかしたらおもしろいかもしれない、と私は思った。子どもたちにさせるには惜しい。

静かに作業した。空きボトルの真上に立てるように逆さに置くとどくどくボトルへ流れていく。おおむね詰め替わったところで残りをぎゅっと押し出すのもしぼりやすく、余すことなく詰められた。おもしろそうだから子らにはさせずに自分でしようという思考のあさましさに、意外な自分のハングリー精神を感じた。

娘は塾へ行き、帰ってきた息子とふたり先にコロッケの晩ごはんを食べる。

食べてから、誕生日が近い実家の母にあて、息子に誕生日カードを描いてもらう。息子の絵には味わいがあり大人はみんな期待しているのだ。毎回よくわからない絵を描く。前回の私の誕生日には、洞窟らしい場所で私と息子が驚いており、対面に我々と同じサイズのアリが2匹いる絵を描いた。アリのうち1匹が私たちにふかぶかとお辞儀をして、もう1匹はあたたかくそれを見守っている。どうも、我々がアリになにか善行をし、そのお礼を受けているかのような状況で、意図を聞くととくに意味はないそうだ。

今回は家族と、そのうしろに速度制限の標識が立つ絵ができた。誕生日カードなので、速度の部分の数字が誕生日の祖母の年齢であるとシャレが利いているなとなるわけだが、普通に「30」だった。生活道路の最高速度だ。ただ珍しく意味のある、長寿祈願の亀も描いてあった。今回もいい作品ができ称える。

娘が帰ってきた。コロッケにあわせてスープと、あと生キャベツも出した晩ごはんだったが、「串カツ田中みたい！」と言われる。

串カツ田中に行くとたしかに生のキャベツが出てくるなと思いつつ、娘はこれまでの人生で数えるほどしか田中には行ったことがないのだ。しかもあれは、保育園時代のことではないか。もう5年以上前で、おさないころの串カツ田中の記憶が脳にていねいにしまってあることに思わぬあたたかさを感じた。

無機物ばかりが登場する人生の走馬灯

11月23日（水）

それほど長時間ではないものの子どもに留守番をさせることがあり、そういうときはふと、私が不在の家でなにかありはしないか心配になる。火の始末が悪かったらとか、ガスが漏れ出したらとか、大きな地震があったらとか。

きのうは子どもたちがふたりとも泊まりに出かけ、よる友人を誘って食事に出かけた。子らは安全なところに泊まらせてもらっているから不安なくごはんが食べられるよと友人に言うと、友人は「無人の家で何かおきているかもしれないよ」と返すのだった。

たしかにと思ったが帰宅すると家は無事で、安らかに寝て、朝になり起きてもなお家は何事もないが外は強く雨だった。

休みの日、少し寝坊した。冷凍庫から朝食の食パンを取り出すと、おもてからカラカラと小さな音がする。カラカラ、カラカラ……。

……そうだ、今日は空き缶の回収日だ。瞬発力で缶をまとめて出しに外に出て間に合い、近隣のどなたかが缶を集積所に出す音を聞きつけたことに我ながら感心した。

雨は強まるが午前中に買い物に出てしまおうと買い物メモを取って出かける。もう何年も前にバザーでたいした思い入れなく200円で買ったゴムの長靴がいまだに大雨で能力を発揮し、思いもよらず長い付き合いになった。

たまに、かつて長く世話になって、でも今はもう手元にないもののことを思い出す。よく着ていた服とか、文房具とか、調理器具とか。この長靴のこともいつか壊れて手放したら思い出すだろうな。そういう無機物ばかりが登場する人生の走馬灯もありそうだ。

道路にたまった雨を避けて歩くも、結構な雨量でどうしてもばちゃばちゃ水を踏む。そのわりに歩行が妙に軽い。足が楽に上がる。

もしや、最近フィットネスのアプリを入れてまじめにアプリのメニューに沿って下半身の運動をやっているのが効いているのか。まんまと実りが実感できてしまった。なにかを得た、得をした気持ちになる。筋肉がつく、傷がなおる、満腹になる、体の状態がよくなることは、取得だ。

帰ってきて昼はあるものを適当に食べた。家に誰もおらずぼんやりしていたら急に、昨晩の夢を思い出した。

会議中に部屋に顔を白く塗った高校生らしき制服の女性が3人躍りこんできて、びっくりした私はどういう権限か「逮捕するよ」と言おうとして「てえほするよ」と言ったのだ。そうだ、あのとき、「てえほ」って言ってるなと、少し目覚めるくらい驚いた。そのまままた寝てしまったが、夢が覚めるくらい夢の内容に驚くことが人にはあるのだな。

午後になり娘が帰宅し、味付け海苔をくれた。韓国海苔によくある、プラスチックのカップに入ったもの。外泊先でもらったそうだ。

「ねえ、これ、何枚入ってると思う?」と聞くから、(聞くくらいだからよほど少ないのだろう)と思いつつ「5枚くらい?」とこたえると「4枚!!」とのことだった。なるほど4枚は娘が得意になるのにも納得する少なさだな。

息子も帰宅、夜は鶏団子汁を作って食べてからアプリの通知に促され運動をして、明日廃品回収に出す新聞をまとめてひもでくくったあと、また通知に従ってこれも最近入れたピアノのアプリでキーボードの練習をし、これではまるで、フィクションの世界が描く地に足のついた未来のようだ。

運動をして疲れたのか、横になるときに寝られることがうれしくてわくわくすらした。

たくさん布団をかけてあたたかくした。

わたしたちのアイコンタクト

12月7日(水)

朝、洗濯物を干していると、つけたラジオが「深夜は六本木や渋谷でタクシー待ちの行列ができ90分待つ場所もあった」と伝えた。娘が「お母さん!」と呼び、息子もこちらを向いてうなずく。私も深くうなずいた。

私たちはタクシーのことを心配していたのだ。

昨晩、ごはんどきのニュース番組が、サッカーワールドカップの日本代表戦について報じた。このあと0時から試合が行われるという。ひとしきり現地の様子や選手のコメントが流れそのあと、取材が東京のタクシー会社に入った。

社長がインタビューを受け、パブリックビューイングのあとの観客が深夜2時の試合終了後に繁華街でタクシーを拾うことが予想されると、そのために運転手たちに頼み、試合終了の時間にあわせ、スポーツバーがある場所へ車をたくさん回すのだと言っていた。社長はやる気いっぱいの様子だ。

タクシー会社の取材が終わり、直後、カメラは街の様子に切り替わった。レポーターが、今夜は自宅で観戦するという人が多いようですと言った。

「だめじゃないか」見守っていた息子が言い、娘も「みんなが家でサッカーを観たらタクシーはどうなってしまうんだ」と、私たちはタクシー会社の社長の心境を案じた。

タクシーは無駄ではなかった。社長！という気持ちの、私たちのアイコンタクトだった。

子どもたちは学校へ。私は午前中は自宅で、昼過ぎから取材に出かけてそのまま会社で仕事の日。鼻をかんで、うっとなる。いまこの家では、高級なティッシュを使っている。

ローションティッシュといい、保湿成分が配合されているとパッケージに書いてある。

先日ネットスーパーを使ったところ、サンプルとしてひと箱届いたのだ。

受け取った瞬間、無料でまるまるひと箱とはラッキーだと思ういっぽう、なんとおそろしいと思った。もしこれがすばらしい使い心地だったら私たち家族はどうなってしまうんだ。

「もう普通の○○には戻れない」といったことばがかつて戯画的に広告などで使われたものだが、実際本当に普通の○○に戻れなくなってしまうというのは、理性の制御が利かない深刻ともいえる状況だ。

日用品の高級なものを私はすぐにシャブだ！と思ってしまう。

それで、子どもたちが使っているのを見ては「買わないからね！」などとけん制している。

電車に乗り移動するに値する服を着、お化粧をして出かけ、また帰宅。

夜は肉団子のスープを作った。帰ってきた息子がやってきて鍋をのぞきこみ「なんだこれ」と言うから「え、肉団子だよ」と答えると「たこ焼きかと思った」と「母ならやりかねないから」とも言って去っていく。

いやいや、たこ焼きをスープには入れないでしょうよ。

「母ならやりかねない」とは、おもしろい母親という雑な定型に惑わされた発言ではないか。もっと精密にリアルに母を観察し表現してほしい。料理が苦手で面倒くさがりの母親だろう私は。たこ焼きをスープに入れるような冒険はせず、安全な具を怠惰に使っているじゃないか。

娘は塾の日で、息子とふたり先に晩ごはんにして、肉団子のスープはおいしかった。

普段観ているニュース番組が終わってしまい、他に観る番組もなく競馬中継にチャンネルをあわせる。パドックの様子が流れ脱糞している馬がおり息子とどよめいた。

テレビで動物のフンをみることは珍しいことではない。動物番組で変わった形のフンが取り上げられたり、教養としてフンがフィーチャーされることはままあろう。しかし偶発的にフンを見ることは、思えば競馬中継のようなタイミングでなければなかなかない。いや、競馬中継でもはじめて目撃した。息子と感慨を共有した。

食後、あす廃品回収に出すちり紙をまとめていて、生協のカタログの束の中に、担当の配達員さんによるプリントがあるのが目に入った。

たまに配達員さんがお題に沿ったテーマの短い文章を書いた印刷物がカタログに添えられることがあるのだ。いつも楽しみにしているのだけど、見落としていた。

今回のテーマは「今年一年を漢字であらわすと」で、いつも良くしてくれる担当の配達員さんの今年の一字は「暁」だそうだ。12年プレイし続けたゲームが完結し感動した、これからも物事を長く続けたいと、親しみある字体の手書きで記してあり、交流はないが身近な人のてらわないシンプルな日常に感じ入る。というか、12年もプレイし続けたうえしかも完結するゲームというものがあるのか。

娘が塾から帰ってきた。

「名前に『カップ』とつくものは体にわるいって気づいたんだけど」と言う。

カップ……?

「カップラーメン、カップ焼きそば、カップ麺」とのことだった。

ふりかけが大好きな人たち

12月27日（火）

毎朝食パンをオーブンレンジの鉄板に乗せてトーストコースで焼く。

ぬっと冷えた朝の台所に現れた私は冷凍庫からいつものようにパン袋を引き抜いてぶら下げ、雑に3枚取り出し鉄板に並べた。鉄板をオーブンの中段に差し込んで、スタートボタンを押す。

いつもだったら、ブン！とからまったものを振り切るみたいな音をさせて稼働するのだけど、今日は静かで、あれ？あれ？と何度かボタンを押してから、レンジの扉をまだしめていないのに気づいた。

気づいてすぐに扉をしめてスタートさせたからなんの問題はないものの、慣れた自宅でまいにちまいにちすることを間違えるとは、人間としての私の信用ならなさに触れた思い。

テーブルの上に、きのう息子が買ってきた本にはさまっていたらしい、本の感想をもとめるいわゆる愛読者カードが置いてあった。

見ると名前から本のタイトルからなにもかもがでたらめに息子の文字で回答してあって、こういう冗談を書く余裕のある人だったのか。

中学生で若いから、単純に暇なのかもしれない。くだらないことをする人に「暇なんだろう」と言うのは嫌味だけど、そういう腐す意味ではなく純粋に「暇なんだな」と思ったのだった。

子どもたちは学校が冬休みに入りゆっくり寝ている。私は午前中から病院の予約があって、声だけかけて着替えて出かけた。

急に本気の寒さがやってきた。先週くらいまではまだまだこんなもんかという季候で、しかしこうして寒くなって考えてみればもう12月も下旬だ。文句のつけようがない妥当な季候と納得もする。コートの下にウルトラライトダウンを着てマフラーも巻いた。

行く手に見える病院がでかい。歩いて近づくごとに白くそびえて圧倒し、晴れた日にずいぶん映えた。子宮頸がんの検診で引っかかり精密検査でやってきた。

以前も同じことがあって、長いこと定期検査を受けてはスカッとしない結果を出し続け、しかしそうこうしているあいだにふっと異常なしが続いて定期検査のループからやっと抜け出せたのだ。それがまた！　引っかかった検診の結果から、緊急を要する症状ではないことはわかるのだけどしみじみ悔しい。

悔しみながら大病院に入ると大きな病院独特の活気にあふれており気をとりなおした。

大きな病院は重い病気やけがの人がたくさんいてシリアスなストーリーも多いだろう場所のはずなのにいつも市場みたいな元気がある。

ただただ忙しい場所だと、そういうことなんだろうとは思いつつ、やけくそみたいな感情的な活況でもある気がする。忙しいうえに悲喜こもごもがあふれるすごい場所だ。

以前お世話になっていた先生と、一度は別れながらも再会となってしまった。申し訳ないような照れくさいような顔つきで診察室に入ると、「また、ちゃんと診ていきましょうね」とはげましてくださり、ここは看護師さんもみんなほがらかだから私もしゃきっとしていい返事をした。「はい！」

定期検査でやる、膣内を綿棒でぬぐう検査のひとつ先にある、バチンと組織をつまんで切る検査をしてもらう。

「タンポンを詰めました」と書かれた案内の紙をいただき、口頭でも3〜4時間たったら抜いてくださいと教わり帰宅。

子どもたちはさすがに起き出していて、息子は頼んでおいた昼ごはんの肉まんの買い出しをまじめに遂行したようだ。

肉まんがスーパーの店内のどこに売っているか分からず、小麦粉がふわふわしてるからパンのコーナーかと探して見つからない、炭水化物だからごはんのあたりか？ 探してまた見つからない、肉が入っているから加工肉の棚も見るけどない、店員さんに聞いて案内してもらった場所が蒸し麺売り場でまさかと思ったそうで、スーパーの売り場の勘所は慣れないとつかめないものだ。

肉まんは常温とチルドのがあって、場合によっては冷凍のもある、売り場が点在しており、しかも季節品だから唐突に専売コーナーが現れる可能性もある。難易度が高かったかもしれない。

最近うちでは肉まんはふかさずに油をひいたフライパンで平べったく焼くのが大流行しており、今日もカリカリにしてみんなで食べた。うまいうまい。

息子が3本パックのみたらし団子も買ってきたから、肉まん後に全員間髪入れず1本ずつ食べた。

まんじゅうを食べ、団子も食べる。スーパーで買ってきさえすれば叶うのだからお手軽だが、それにしても字面としては夢のようではないか。

夢ごこちをたずさえて午後は在宅勤務。

トイレでそういえばと、時間を確かめて病院で詰めてもらったタンポンを抜く。一般的な生理用のペンのような形のとは違う、球状にした綿に取り出すときに引っ張るためのひもが3本ついたものが詰まっていた。

これはあれだ。ええと……そう、スプートニク1号みたいだ。トイレから出て画像検索してこれだこれだと確かめた。

息子は肉まんとみたらし団子と一緒にレーズンも買ってきており、おやつにつまむ。娘は塾へ行った。

夕方スーパーへ。娘が欲しがっていたふりかけを買う。ごはんにかけるものがないとここ数日ぼやいていたから、2袋、ゆかりとじゃこのをかごに入れた。

レジの列に並ぶと目の前が小さな男の子とお母さんらしき親子で、元気な男の子がレジ係の方に「どんなごはんが好きですか?」と聞いている（いい質問ですね）。「うーん、ふりかけごはんかな!」とレジの方。

「あれ! じゃあ○○くんとおんなじだねえ」お母さんが男の子の頭をなぜて、またね、うん、またねと親子が帰ったあとレジの台に乗せた私のかごにもふりかけが2袋入っていて、ふりかけが大好きな人たちが集まった瞬間だった。

帰ると息子が居間でぴょんぴょんジャンプして、舞う髪の毛の先が着地したときにひたいをつつくのを味わっているとのこと。娘はふりかけをたいそう喜んだ。

今日も湯たんぽを布団に入れたから猛烈に寝つきがいい。

でもなぜだか急にふっと目が覚めた。湯たんぽにふれると中の湯が熱々で朝のように冷めてはおらず、まだ夜だとわかった。

2023年

おくれ毛で風を切れ

1月20日（金）

娘は毎朝長い髪をひとつ結びにして学校へ出かけて行く。出がけに後姿を見送ると、束ねられきっていない髪の毛が肩に落ちていた。「おくれ毛があるよ、結びなおそうか」と声をかけたのだけど「大丈夫！」と靴をはき、「おくれ毛すらも力にかえるから」と元気に出ていったのだった。

息子も出かけて私は在宅勤務の日。

やりやすい作業から手をつけて、ふと、きのうの晩寝つけなかったことを思い出した。幸せなことに眠れず悩まされるようなことはあまりない。とくに最近は寒さで体が疲れるのと布団に入れた湯たんぽが温かいのとで横になるなり寝入ってしまう。でもきのうはいつもにくらべ横たわってから入眠までのあいだにやや時間があった。

朝になり今こうして思い出すと、大した時間ではないのだ。おそらく30分もかかっていない。振り返るようなことでもないんだけど、30分弱の寝られない時間は、このまま眠れなかったら困るなとそれなりに深刻におそろしいもので、ああそうか、怖かったんだ、だから思い出したんだとわかった。

昼休み、作業が遅れており外にごはんを買いに行く時間をかけずにあるもので手早く済ませたい。焼きそばの麺があったから、具を入れずに麺だけ炒めて添付のソースで味付けして、あとは野菜ジュースと納豆が1パックあったから食べた。

ものの数分で食べてから、今日が締め切りなのを思い出して生協の注文をネットでさっさと入れる。

この生協のネット注文システムは「注文」ボタンを押すと体感としてほぼ瞬間で注文受付メールが届く。インターネット通信がいかに高速かは長年の経験で思い知っているが、それにしても速い。

いつもその速さをなんとなくだけで感じ取っていたから、今日は真正面から速度を楽しもうと、身構えて注文ボタンを押した。

3秒後くらいにメールが届いて、やはり速いが身構えるとそうでもないかなという印象だった。ちょっと野暮なことをしてしまったな。

午後もしっかり働いて、終えて夜はハンバーグを焼く。帰宅した人々も集まって食べながら、つけたテレビでは寒い家の特集を放送していた。

寒いんだそうだ。日本の家屋というのは。窓ガラスが二重でない住宅が多く、断熱効果の低いサッシが広く使われているらしい。うちがまさにそうだ。

息子が「この部屋カーテンじゃなくて障子だけどそこはどうなんだろう」と言う。「そうだね……カーテンよりも障子のほうに断熱効果が5倍あるって言ってくれないかな」一同願ってテレビを見守ったが、障子は部屋が冷える、カーテンをかけるとずいぶん違います、と流れて、「だめかー」と、応援していたチームが負けたみたいな雰囲気になった。

チャンネルをかえると、山の中に一軒建つ家がぼうぼうに燃えている。古いニュースの再現バラエティ番組で、山荘で酒に酔った人たちが寝ているあいだに風呂からガスが漏れるかなにかで一酸化炭素中毒で全員亡くなったうえ、空焚きから着火して大火事になったというのがその顛末であった。

なにもかもがおそろしくみんなでめちゃくちゃに観入ってしまった。

終わったあともひとしきり怖がり、それから思い出して娘に「おくれ毛、力になった?」と聞くと、娘はうなずいて「風を切った」と言った。

昨夜とはうって変わって寝つきがいい。自分のくしゃみで真夜中起きたがまたすぐに寝た。

突然一生会わない人になる

1月24日（火）

ここ数年、むかしながらの日めくりカレンダーをもらって使っていた。

薄い紙に大きく日付の入った壁掛けのやつ、土曜は青、日曜は赤く日が刷ってある。旧暦、二十四節気に雑節なんかも載って情報量がすごかったし、ひとめで今日が何日かわかるのは使ってみると思いのほか便利だった。重なった紙が日を経て徐々に減るのもスリリングで、その存在意義をかみしめていたのだけど、今年は入手できなかったのだ。

かわりに、友人宅にかけてあってこれはと思ったイラスト入りの『ぺぺぺ日めくりカレンダー』と、あと毎年あると助かるよなと考えながら見送っていたドラえもんの『ドラめくり』を買ってトイレと台所に置いた。どちらもめくるとまいにちまんがが出てくる。かわいくておもしろい。

今朝、ごはんを食べながらドラえもんの方の、この先はどうなっているのかとめくっているとと息子にたしなめられた。

「それはだめでしょう」

はっとした。たしかに。今日はどんな絵柄が出てくるかな、その楽しみで日々めくるカレンダーではないか、先の日々を確認するのはよくない。これぞ倫理観という感じがする。素直に従いめくる手を止めパンを食べた。

先月受けた子宮頸がんの検査結果を聞きに行く日、子どもたちが学校に行ったあと、在宅勤務の中抜けをしてよぼよぼ出かける。

ちゃんと寒い1月の日だ。正しく冬という刺すような張るような空気の冷え方だった。手を振らず体に空気が触れる面をできるだけ小さくして歩く。曇りで暗い。病院にはしっかり近づくけれど意識はぼんやりする。

結果は異常なしで、ただしいちど引っかかってしまっているから、少し間をあけてまた検査をしましょうという先生の判断だった。とりあえずはよかった。

そのあとで先生から、開業のためこの病院は近く退職するのだとお話があった。後任に引き継いでおきますとのことで、どちらで開業をと聞けば通えない遠さだ。静かだけど華やかな雰囲気のお世話になった先生、親族でも友人でもない相手だと、こうして突然にもう今後一生会わないだろう人になるからびっくりしてしまう。

こういう今生の別れであっても、いつもただ「ありがとうございました」とその場をあとにしてしまうことが多い。今回はちゃんと、と気持ちが奮って退出間際に「お体に気をつけて、どうかお元気で」と言えて、よし、と思ったら出口のドアに思い切り足を打ちつけてでかい音が出た。

帰って昼にオーブンで芋を焼いて食べて、午後は張り切って仕事をすすめる。

娘が帰宅し、芋を渡すと食べ、そのあとも居間にいるはずなのにずいぶん静かだからどうしたろうとのぞいてみると、窓からの明かりで床に影絵で急須を作っていた。すごい。

暇つぶしに影絵をやろうというのがまず発想にないし、しかもそれが急須なのだ。天才か。あわててほめると、まんがの『それでも町は廻っている』にそういうシーンがあるとのこと。

さすがに自力で思いつくことではないか。でも思い出して、やろうというのはやっぱりすごい。娘はそのシーンを単行本から探して見せてくれた。

夕方になって息子が50センチくらいの枯木を根っこごと持って帰ってきた。

友達の家の庭にころがっていたのをもらってきたそうだ。驚きすぎて、なぜか聞けなかった。きのう石焼きビビンバに使うビビンバ鍋みたいな重い石の器が納戸の奥から発見され、そこに乗せるんだという。枯木は風呂場できれいに洗われ、器にのると何ともいえない存在感だった。

夜は鍋にして3人集まって食べる。ニュースがちょうど終わった時間で、なにも観るものがなくなんとなく通販番組にチャンネルを合わせると、ブラシ型の毛玉取りを紹介している。

老舗が作る伝統的な製法の良さそうな商品ではあるが、それにしても毛玉取りをテレビで時間をかけて売るのはなかなかに難しいように思え、しかし出演者は朗々とじっくり購入を訴求するものだから、商品も出演者もすごいと言い合って見守った。

夜になり息子がSpotifyでシューベルト「アベ・マリア」をかけた。スローモーションのバイオレンスシーンしか思い浮かばず、娘とぬいぐるみを戦わせて笑う。

それから寝る前に、娘が「ダウンジャケットは綿を詰める部分が太いやつと細いやつがある」と言った。

よく見知っていたし、あるなと意識もしていたけど、それをことばに出して表明しようと思ったことは、私には一度もなかった。

夢のもたつき

1月26日（木）

おかしいと気づいたのは目が覚めてすぐの布団のなかで、枕元のスマホでメールを検索するがやはり着信がない。

普段だったら数日前にいちど、前日にもういちど通知があるはずだ。今日、仕事で使う貸し会議室の予約が通っていなかった。

朝食の用意だけしていつもより登校時間の早い息子を起こしたあと、パソコンを開いて代替の予約を取ろうとするも予定していた部屋はもう埋まってしまっていた。

あわてて別の部屋を探して予約を進める。途中で身分証明書の画像の提出を求める画面が出て、抵抗あるなあと思うが早急にミスをカバーせねばならないから仕方がない。

ええと、免許証がいいのかな、保険証か、いずれにせよ財布、財布。

財布、財布。

財布、財布。

……財布、財布……？

ないのだった。

家のなかでものをなくすことがある。なくすというか、数か所考えられるいつもの位置にない。

こういうときの気持ちというのはただひとつで、それは「鳴ってくれ」であり、でも財布などというものはカードと現金の入った布であって鳴りしろがないから絶望する。

以前友人がそんな財布を無理にでも鳴らすグッズ、忘れ物防止タグを使っているというのを聞いて私も導入したのだけどうまく使いこなせなかった。

財布がない、鳴らないから場所がわからない。人間というものの力の至らなさを短期集中的に鮮烈に思い知らされる。自業自得の人に対して「いい薬だ」などというけれど、本当に薬の投与を感じる。

どこにもなかった。あわてる私を見てパンを食べるさなかの息子も椅子のざぶとんを上げたり、椅子の上にのって高いところから部屋を俯瞰するなどして捜してくれた。この人はこういうふるまいができるから尊敬する。

きのう買い物に出かけたときはあった、もしやどこかに落としただろうか、道路を見にいったほうがいいだろうかと、家のなかをあきらめて外に希望をたくしはじめたころ、いちばんに捜すべき居間のちゃぶ台の上に、財布があった。えっ⁉

いわゆる灯台下暗しなわけだけど、これまで味わってきた数ある灯台下暗しのなかでいちばんしっくりこない灯台下暗しであった。捜したよねそこさっき。見落としていたことが信じられず、見つかったがぜんぜんピンとこない。もしやこれは年齢的な機能低下なのか。

なにしろ身分を証明する証書が出てきたから、アップロードして予約を完了させねば。パソコンに向かうと、しかし証明書をアップすればよいだけではなく、手にＩＤを持った自分のバストアップ写真をアップロードするようにとの仕様ではっとする。

よくない借金をする人がやらされるやつではないかそれは。

いや、偏見だ。そういう証明方法がいまインターネットでは主流なのかもしれないけど、このあいだ、ギャンブルの依存症になってしまった人が、借金の業者に提出した証明書の例としてそういう写真がテレビの画面に映し出されたのを思い出したのだ。

結局、別の会議室を探し事なきを得た。起き抜けから連続して神経をつかって騒いだことで、実際の時間の進みと体内時計が5秒くらいずれた気がする。

なんとか調子を合わせながら少し自宅で作業したあと、荷物をまとめて電車に乗って予約を取った会議室へたどりついて、お茶を買おうとかばんを見るとまた財布がないのだった。自宅の机に置きっぱなしにしてかばんに入れ忘れたんだ。

遅れてくる参加者にみんなの分のお茶を買ってきてもらえないかと頼もうとスマホを取り出せば充電の残りが1％で、残りすくない充電に賭けてメッセンジャーで電話しようとするが画面が本人確認を求めた。

まるで夢のなかのもたつきのようだ。

たまに、どうしようもなくうまくいかない夢を見る。パソコンのキーボードをたたいてもたたいても文字が入力されない、電話のプッシュボタンがどうしてもうまく押せない、フリック入力がままならない。時間がないのに先にすすめない。

けれどこれは夢ではなく現実だから、集まった人々が優しくフォローしてくれてこのあとはすべてとどこおりなく進んだのだった。そのうえ、偶然入手したんだという人がいて、帰りぎわにドラえもんのシールをもらった。夢だったらこんなことはない。

シールはさっそくパソコンに貼って、もろもろと作業を終えて帰宅。

ニュースで盛んに大寒波が来ていると報じていたとおり、日が落ちていよいよ顔の肌の上層がひっぱられはりつくような気温の低さだった。しかも風が太く太く強く吹く。

駅からの帰り道に雑木林があって、横を歩くと高く立つ木が見たことのないうねり方をしている。枝がランダムに上に突き上げるようにまぜるようにゆれた。

迫力を観察し感心しながら歩くと角から人影が現れ、娘だ。塾からの帰りとばったり重なったらしい。うれしくてつい大きな声で名前を呼ぶ。同時に風が音をたてて吹いたから、大きな声でも不自然ではなかった。

手を取って再会を喜びあい、そのまま家の途中にあるスーパーに吸い込まれた我々は豚肉と、あと盛り上がってアイスを買って帰宅した。

すでに息子が帰宅していたから部屋はありがたくもあたたかく、夜の大根と豚肉の炒め物を作る。

みんなで集まって食べていると、テレビでコンビニのCMが流れた。食べることに集中していたのだけどどういうことか目が向いて、瞬間、娘に「お母さん、おにぎりが出たらテレビのほう見たね」と指摘され、おにぎりがテレビに映れば、それは見たい。

夜は読みはじめた本がおもしろいものだから集中した。

子どもたちはそれぞれ寝室に引っ込んだな、と思ったところで、たたたとかけつける音がしてふすまが開くと息子がおり、中島敦の『名人伝』の内容がすごいとあらすじを語って去った。

布団をならべて夜ねむるよう　1月28日（土）

土曜日の朝、学校に行く息子と私とで朝食を食べながらラジオを聴いて、可笑しいくだりにふたり笑った。テレビを観てみんなで笑うとき、その人たちの視線はテレビに向かっているけれど、ラジオは視線も姿勢もそれぞれのまま一緒に笑うからよりいっそうの平和を感じる。

息子を送り出し、その足で寝坊の娘を起こす。

もごもご言いながら布団をなんとかはいだしてきた娘は起き抜けとは思えないすばやさで居間のガスストーブの前に移動し暖をとり、温風で皮と肉を温めてから食卓についた。

そしてつくなり「なんもねえ！」とほえたのだった。座った瞬間、いすにクッションがなく座面があまりに冷たかったらしい。

おやおやと、座布団を渡してやると受け取り敷いて「すごくある」と言うからよかった。

有と無そのものを感じている。

洗濯やら掃除やらをしているうちに息子が帰ってきて、昼はうどんをゆでてみんなで集まり穏やかにたぐる。

郵便受けにネットで買った本が届いていた。

図書館でなんとなく借りた本をこれはと感激して結局買うことが多い。おととい借りて読み終えた本が刺激的で、気になる箇所にたくさんふせんを貼ったから、返却期限までに自分でも買ってふせんを移植しようと、それが届いたのだ。

しかしこうしてしかと入手するとまたいつでも読めることに油断してしまって、結局借りた本はふせんを剝がしてそのまま返却することにした。

この本は手元に置きたいという欲望と、いつでも読めるという油断と、ふせんを移植するのがおっくうという無精。私らしさのすべてがここにあり照れる。

午後は近所の友人が喫茶店で仕事をしているというから図書館への返却がてら冷やかしに寄る。

ここ数日はしっかりした冬の寒い日が続く。少しでも寒いと思いたくないものだから防寒以外のなにも考えずに薄いダウンジャケットを着た上に分厚いダウンジャケットも着てもこもこで出かけたら、まさか暑い。

街のみなさんはしっかりとおしゃれできれいな装いで歩いており、防寒に振り切った自分のファッションに卑屈になった。

喫茶店は友人が穴場と呼ぶとおり空いている。パソコンを広げる友人のとなりに座ってコーヒーを飲んで本を読んだ。

たまに思いつくことがあって隣の様子を見て話しかけ、少し会話する。こうして仕事する誰かの隣にいることはたまにあるけど、いつも、布団を並べて夜に眠るときのようだと思う。隣の人は寝ただろうかと思いながら、話しかけると暗闇から応じる声がするあの感じに似ている。

スーパーに寄って肉を買って帰宅すると息子も帰ってきて「なんか忍者めしみたいなものないかな」と言う。

忍者めしとは、糖衣の固いグミだ。UHA味覚糖から出ているやつ。娘はこれを好物とするほどひいきにしており、好物が「忍者めし」という風情のなさに私は心打たれていたのだけど、息子もか。

なんなんだ、忍者めし。

息子は「なんか忍者めしみたいなものないかな」と言うが、忍者めしみたいなものなんてなくないか。忍者めしでしかないだろうそれは。

「忍者めしじゃんそれ、忍者めし買ってくるしかないじゃん」と言うと、息子はすぐあきらめてりんごをむいた。追いかけるように、肉と野菜と一緒に炒めて適当な晩ごはん。

食後、廊下の電球が切れてどこかに買い置きがあったはずと探し、納戸の靴箱の側面にまさに「電球」と書いてあるのを見つけた。思った以上にいろんな電球が入っていて、どうしてすぐ使わない電球をこんなにたくさん買ったのかまったく覚えがない。

靴箱が、去年の秋に処分した靴を買った時のもので驚く。これ、10年は前の箱だ。

靴は気に入って、革に穴があいてぼろぼろになるまで履いた。そんな靴のことなど何も知らないように箱は靴を買った時のままのようにきれいで、道理としては理解できるんだけど、妙な信じられないような感じがする。

ずいぶん前に買っただろう電球は無事に生きていた。靴、靴箱、電球がそれぞれに時空をやりすごしたことを思う。

寝る前、今日やっと、養命酒を飲み終えた。1リットルの瓶はメーカー推奨で16日で飲み終えるものだそうなのだけど、うまく習慣づけられなくてずいぶん時間をかけてしまった。

キャップも計量用のカップも瓶もべとべとになっていたから捨てるのにお湯をわかして洗う。

熱湯を、瓶の肌にまんべんなくかかるように小鍋からまわしかけて、この感じなにかに似ているなと思えば墓だ。お墓参りで墓石に水をかけるあれに似ている。ふふふ。

最近、街で友人らしき後ろ姿を見かけた。後ろ姿では確証が得られにくい、もしかしたら人違いかもしれないけれど思い切って声をかけたらちゃんとその人だった。

今日も同じようなことがあって、また声をかけたら知り合いで、成功体験を積み重ねつつあるが、調子にのるとそろそろ人違いをするから気をつけようと、急に内省的な気持ちが湧きあがりつつ寝ついた。

楽しみにしている人がいると心強い

2月8日（水）

毎日飲んでみようかと考えて養命酒を1本買った。最初のうちは毎晩しっかり飲んでいたのだけど、取り組みとしての鮮度が低まった頃合いで飲み忘れることが増え、そのうち飲まなくなって瓶だけが台所に飾られるようなありさまになった。

このままではと気持ちを入れ替え最後まで飲み切ったのがつい最近、瓶とキャップは資源ごみに出して、でも計量用のカップだけは捨てなかった。

飲むときに適量をはかる小さな透明のプラスチックのカップは、底に鳳凰《ほうおう》らしき柄がエンボス加工してある。人情的に捨てられない。

とはいえとっておいてもなあ、どうしようもないなあと、思っていたらこれが大きな間違いで、起き抜けに口をゆすぐのにぴったりなのだった。入る容量は30㎖。少ない。でも使ってみるとしっかり足りる。

口をゆすぐのにそんなにたくさん水っていらないんだなあと、養命酒を飲み切ることにより知る、人生のかがやきとはこういうことではないか。

今日も口をゆすいでカップの便利さにしびれ、朝食の用意をしていると息子が起きてきた。「たやすいことを『赤子の手をひねるよう』というけれど、道義的にも感情的にもむしろそれはいちばん難しいことなのではないか」と言う。

おはよう、そして、ほんとうにそうだね。

「赤子の手をひねるよう」という慣用句を見るごとに、そんなことはできないなと思う息子を想像して私は共鳴した。

ふたり食卓につきもさもさ食パンを食べた。

1月から、食卓の近くとトイレに日ごとに違うイラストの載った日めくりカレンダーを導入し、しかしふしぎとトイレの方をめくり忘れてしまうのだった。息子も同じで、かける場所がちょっと見づらいんじゃないかと言う。サイズが小さいこともあって見落としてしまう。

そろそろ起きなされと声をかけた娘も起きてきて、この人だけがトイレの日めくりカレンダーを忘れずめくっている。場所がちょっと悪いよねっていま話してたんだと言うと、娘は「え、私は忘れないよ、だって楽しみにしてるもん」と言うから頼もしい。

他者と接するとき、共有する未来を楽しみにしている人がいるのがいちばん心強い。家のことにポジティブな感情を持っているのもすごくうれしくて、つい過剰に感激した。

子らはそれぞれに学校に散り、私も出社の日。

ほがらかな上司や同僚たちと話して仕事をしてどんどん元気になった。

家でひとりで仕事を進めるのは集中するし作業もはかどるけど、知らないうちに不安な、大丈夫ではない状態になりやすい。家を出て誰かと対すると、どんな状態であってもある程度は「大丈夫な自分」を相手の前に表出させる。すると、相手の手前便宜的に表出させただけの本来空虚なはずの「大丈夫な自分」が、相手たちに認められ認識され、それによって自分が本当に大丈夫な自分になっていく、そういう感覚がある。

元気になってよっしゃよっしゃと帰宅、家に帰るか帰らないかのタイミングで、スマホに「ご卒業おめでとうございます」と書かれたメールが届いた。

春に小学校を卒業する娘が登録している、登下校時の校門通過時刻を知らせるサービスの運営会社からだ。子どものランドセルにレンタルの電子タグを入れておくことで利用できる。

登下校時の校門通過おしらせサービスは3月末で自動解約になります、とメールは続いていた。

毎朝、毎夕、娘が学校に入った時間と出た時間を教えてくれるのは安心でありがたかった。そうか、あのメールがもう春からは来ないのだ。これほど目に見えて子どもの生活が知り得ないものにきっぱり移行することもない。

メールには続けて「お貸ししていた電子タグは返却ください。返却いただけない場合は2000円申し受けます」と書いてあり、サービスというものが情緒だけではいられないことにむしろ風情を感じる。

部屋に入るとその娘はテレビを観ていた。私に気づいてテレビを指し「鯉《こい》って胃がないんだって！」と教えてくれた。

夜はすき焼き味で肉と野菜を煮て卵でとじるやつ。みんなで集まり食べた。私と息子は香辛料が好きだから唐辛子とか山椒を入れる。娘はそういうのが苦手で入れない。いちばん年が若いから、子どもの口だからそうなのかと思っていたけど、何年経っても娘がこちら側に加わる気配はなく、単純にそういう好みなんだなと最近になってやっとわかってきた。

先月息子が友達の家から木の根ごとぬいた枯木をもらってきた。息子がインテリアにすべくわざわざきれいに洗ったこともあってしばらく飾っていたのだけど、掃除や洗濯をするときにやはりどうにもじゃまなのだった。

ついに、これどうしよう……ともちかけた。息子もそれほど思い入れはないようだ。じゃあ記念に写真くらい撮ってごみの日に捨ててしまおうか。息子は、枯木なのだから緑道や公園に放置したらそのうち肥料にならないかと言うが、まさかそういうわけにはいかないでしょう。

小芝居で「あっ！　あの人！　不法投棄です！」と私が言うと、瞬間息子が「ちがいまーす！」と返して、その力強さにみんなで笑う。

なんとなく捨てられなくなって、ベランダの隅に立てた。

家は家であり、家っぽいものでもある

2月10日（金）

トイレから出んとするまさにその瞬間、玄関から娘の「乗らない！　投げない！　落とさない！」というはつらつとした声が聞こえ、なにかと思ったらたったいま届いたらしい荷物のダンボール箱に書かれた注意書きを読み上げていたのだった。

たしかに声に出して読みたい。うなずき合って、学校へ出かける娘を見送った。

荷物はりんごだった。

これまでこの家ではくだものはスーパーですこしずつ買ってだいじにだいじに食べる存在だったが、年末みかんをひと箱買ってみて、たくさんあることの思った以上の豊かさに家じゅうが魅了されてしまった。

通販でわけあり品を選べば思ったよりはお金もかからないことがわかり、冬のうちにとりんごを注文した。ダンボール箱を開くと大きなりんごがみっしり詰まっている。

これを全部うちで食べていいとは。すごいな。

東京にも雪が降るかもしれないとは前日のニュースで聞いていたが、予報よりも早い降り出しだった。在宅で仕事を進めているとちりちり音がして、雪が窓ガラスにあたる音だ。雪はこんな音を鳴らすんだな。ひとりでしずかに雪の日に家にいることが、これまではそうなかったかもしれない。週末に降れば誰かが一緒に家にいるし、平日に降れば会社に行っている。

まだ降りの弱いうちに、りんごを運んできてくれたのとは別の宅配業者がやってきて、今度出す本の見本だ。雪のなかありがとうございますと言うと「とんでもないです」と言いながらもう去っていった。

弱ってる人とか行き詰まっている人に「がんばって」とは言えないけど、がんばってる人に「がんばって！」と言うのは、部活みたいでちょっといいなと最近思っている。とくに「がんば！」が脳天気でいい。唐突にチームワークの磁場がたち現われるというか、共同の雰囲気があるというか。

運転手さんにも心で（がんば〜）と言ったのだった。

本はめくってもめくっても自分が書いた文章が載っている。自分でなんども読んだし編集さんもなんども読んでくれたし校閲さんにも入ってもらったけどやっぱり何か大変な間違いがあるのではと、こわい。

そのうちに雪は強まり、でもすぐに弱まった。昼休み、ラーメンを食べてからりんごをむいて、うまい。おいしさに驚いて急いで食べてしまって口がしゃくしゃくした甘いものでいっぱいになり豊かな口内だった。

午後はもう雪はほとんど雨になって、子どもたちも雪など降らない雨の日のように帰宅、りんごを見つけるとそれぞれにさっそくむいて食べている。

見ると、娘が皮つきのまま乱切りにしていて驚いた。

聞くと「途中からなんだかわからなくなっちゃったの……」と照れている。

思えばりんごだからといって、例のあの一般的なむきかたなどしなくてもいいわけだ。なるほどなと思った。ひとかけもらって食べた。

雪はやんでもどうにも寒い日で、今日はもう外へは出たくない。

テーブルに息子がレンタル屋で借りて、見終わったのに返していないDVDがある。返却日には数日猶予があるものの、家から出ないぞと決めると、返し忘れやしないか恐ろしくなる。りんごがたくさんあることで得た豊かさとは相殺されないこわさだ。

夜はあるものでできるという理由でカレー。

息子に学校であったことを聞きながら支度をしていたら娘に「この状態、お母さんすごくお母さんっぽいよ」と言われ、ほんとだ。

成長により、子どもたちがメタな視点を得た。家は家であり、家っぽいものとしても捉えられていく。

配膳係の娘が「お兄ちゃんスプーン木？　かね？」と聞く。この家ではカレーの日はスプーンを木製のにするか、ステンレスのにするか選べる。ステンレスのは「かねのスプーン」と呼ばれる。

私はかねのやつが好き、娘は木。息子はちゃんと気分で選ぶ。

食べながら、娘にトトロに出てくるおばあちゃんのせりふを言ってとせがまれた。よし、まかせとけ。

「うーんとごぎなー、みずがつべたくなるまでぃえ〜」

娘がきゃっきゃっ！　と喜んでくれてうれしい。食後まじめにほかにおばあちゃんのせりふでなにかいいやつなかったかなと調べた。

息子がまたりんごを切っている。「りんごの食べたさが止まらねえよ〜」と吐露しており、豊かさによって苦しい思いをするパターンもあるのかと驚いたが、それはそれはおいしそうに食べているからよかった。

最近、寝るときに意識がとぎれる瞬間、にぎった手がはなれ切れなかったように意識が戻ることがある。手をほどこうとする、でもはなれない、なんどか繰り返してそのうちはなれる。

人間が自由だとよく知っている

2月15日（水）

朝、会社に向かうべく玄関のドアを開くと一歩出たすぐのところにアイシャドウを塗るやつが落ちていた。アイシャドウチップというのだろうか、あの、パレットに入ってくる小さな棒。

玄関の前にアイシャドウチップがなぜ落ちるのか。落ちるわけがあまりにもなく凝視するが、おそろしさのわく直前にわかった。

朝学校に出かける息子のために、化粧の途中でアイシャドウのパレットを持ったままドアを開けたのだ。ごみ集積所に寄る息子の両手と脇はごみと古紙とダンボールでいっぱいで、「ちょっと開けてくれー」と言われ応じた。そのときにパレットから落ちたのだ。

こうして世には因果というものが、決定的にある。あるなあとしびれた。

パレットに拾ったアイシャドウチップを戻して会社へ。

打ち合わせが立て込んで昼食の暇が珍しくない日で、ひさしぶりにカロリーメイト的なものを食べてやろうと午前中のうちに会社近くのドラッグストアに乗り込んだ。

棚でうなるバランス栄養食たち。最近食べる機会がなかったが、こういう、暮らしをいつくしまない感じの食べ物は好きだから盛り上がる。ここはあえて、カロリーメイトじゃないカロリーメイトみたいなやつにした。味はチーズ。本物にくらべずいぶん安いがどうなんだろう。

会社に戻って吸うように食べたところ、それなりにカロリーメイトの味だった。

無事に仕事を終え帰り道、ここのところは冬がしっかり冬らしく空気が締まって寒い。乗り換え駅の、外気にむきだしのホームに立って電車を待つのがつらい。

つらいんだけど、悲しさや寂しさではないから気持ちは単純だ。心労はないのだと意識して、足踏みをしてしのぎながら、駅からの帰り道にキャベツとみかんを買おうなどと冷蔵庫の中身を思い出して算段した。

駅前のスーパーでキャベツは高かった。みかんは売り切れていた。別のスーパーでもやしと、みかんは見つかったから買う。

帰ると子どもたちも追いかけるように帰宅してきて、娘はお湯を沸かし、粉末のコーンスープが飲みたいんだけど1袋だと多いというから、好きなだけ使って残していいよと伝えた。残りはなにかに使うから。

娘は自分の塩梅《あんばい》に敏感で貪欲な人だと重々わかっているが、コーンスープの粉末の1袋が多いと思えるのはやっぱりすごい。ふつうは1袋の粉の量に「そういうものか」と従うと思うのだ。そこを、ちょっと多いなと感じ取って減らす発想がある。人間が自由だということを本当によく知っているなと思う。

いっぽう息子はプリンターでなにかを出力している。

うちではプリンターはもう必要ないと判断し、印刷の用があれば都度コンビニプリントを使っていた。のだけど、半年くらい前だろうか、親戚が不要だからと1台くれたのだ。

それでも私は面倒がってしまいこんだままにして、するとそのうち息子が勝手に引っ張り出して学校のレポートの出力などに使うようになった。先日インクが切れたから買ってと言われて買って、取り替えた、そのテスト出力らしい。以前友人らと行ったイベントで撮った、遠くに小さく写った息子が買い食いの餅をほおばっている写真だった。なんでこれをという意外さと、プリンターって写真もきれいに出力できるんだなあという感心がいりまじる。冷蔵庫にマグネットで貼った。

夜は生協のミールキットをレシピどおりに作ったおかずとお吸いものとごはんと納豆。食べ終わって全員が食器を食洗機に入れたのを確認して洗浄を開始させ、居間に戻ろうとすると居間の入り口で息子が中空にすぶりの蹴りを放ち、その先でテレビを観ながら娘がY字バランスで立ってふたりとも元気があまっている。私は乗り換えのホームで風に体力をすっかり奪われたからねむい。

しまい忘れのしょうゆ差しを冷蔵庫に片づけて、見るとコーンスープの粉末の4分の1くらいを残した袋がクリップでとめて入れてあった。

最近は寒いから、夜布団のなかであたたまって眠るのが楽しみだ。布団に入って本を読もうかなと思いながら横になるが、いやもう寝ようとすぐ明かりを消した。すこし優越感がある。

優越感というのは、今日にすがらなくても私は生きていけるということ。

孤独な意地汚いお祭り

2月28日（火）

きのうの朝、パンに塗るものがなにもないからなにか買ってきてほしい、願いを聞いてもらえるのであればマーマレードがいいと息子に言われた。

まかせとけと行ったスーパーには小瓶に入った300円のマーマレードと紙の容器に入った100円のマーマレードが並んでおり、両方買う。

かつて、私はジャム売り場の前で安いのを買うか高いのにするかよく悩んだものだ。両方買えばひとつ200円に均されるではないかといつか気づいて（均されるわけではないんだけども）、ジャムなんていったら家の人々がじゃんじゃん使ってすぐになくなるから2個くらいあっても使い切れずに困るなんてことはないし、安いのと高いのと、両方買う選択肢を切り開いたのだ。

起きてきた息子がテーブルを見て「良と駄のマーマレードがある」と言った。「りょうとだ」と聞いて迷うことなく「良と駄」だとわかるものなんだな。言語を共有し通じることに感心する。

「うん。両方買ってきた」「おれは一方的に良しか使わないよ」

遠慮なく横風な発言をするものだな。しかし駄に目もくれず良だけを使うのは高潔なことかもしれない。私などは両方の味を知り差異までをも味わいたいと貪欲になってしまうから、よほど意地汚い。

食パンに両方のジャムを半分ずつ塗った。オレンジの皮の量はなるほど良の方が多いものの、空腹の朝とあって味わわずにもしゃもしゃ勢いよく食べてしまい、両方を食べくらべてみたいという意地汚い根性に意地汚い食欲が勝る、孤独な意地汚いお祭りであった。

息子が学校へ出かけ、よぼよぼ起き出した娘も時間にせかされ飛び出していって私は在宅勤務の日。

昼休みに学校関連の手続きがあって銀行へ行った。窓口でないとできない処理で、案内された整理番号の機械からぬると紙を引いて待つ。どうも、コロナ禍に入って以降そうなったのか、窓口での手続きは予約優先制になったようだ。普段銀行の窓口でなにかすることがほとんどないから知らなかった。行員さんによると、予約なしでも受付はする、今の状況であればそれほどは待たずにすむだろうとのことで、出直すのもおっくうだし待つことにした。

窓口の並ぶ広いフロアには、2桁の番号で呼び出す窓口と、500番台で呼び出す窓口がある。ただ、私が受け取ったのは300番台の整理券で、はたして300番という番号が呼び出され得るのかがいまひとつつかめない。別にフロアがあるのかと確認するが2階はない。

案内されて取った番号なのだから間違いはないはずなのだけど、どこから呼ばれるか現在300番台はどこまで進んでいるのか、迫りくる自分の番号にしめしめと心の準備をすることが、これではできない。

心をおちつけて静かに待とうと、座って文庫本を開きながらもついあちこちきょろきょろし、ここではなく奥の方に座ったほうがいいだろうかと席をかえるなどするころ、やぶからぼうに316番は呼ばれたのだった。

さっきまで2桁の番号をさばいていたカウンターが一時的に300番台のために開放された。案外、これはこれで呼び出される手ごたえがあった。

思ったより早く手続きが完了したおかげでスーパーに寄る時間ができた。あれこれ必要な食材を買いまわる。

このところ卵が品薄で夕方にスーパーに行くのではなかなか買えなかったのだけど、やっと買えた。でももう売り場の残りは少なくて、きっと以前はあった午後の入荷が今はないんだろう。卵の棚だけ、震災やコロナの影響でスーパーからものがなくなったころの様相になっており一瞬だがかつての混乱を思い出し手が冷える。

今日のレジ係はよく見かける店員さんで、この人は薄いポリ袋が大好きだ。他の店員さんなら肉のパックくらいしか詰めないところ、納豆、ハム、豆腐、アイス、なんでも入れてくれる。

私は不要に感じるほうだから、無駄になるのももったいないないし都度断るのだけど、いちど「でも納豆はにおいますよ」との店員さん側からの抵抗があり、どうしてもポリ袋に詰めたい気持ちがあるようなのだ。

納豆を入れるのは受け入れることにして、今日はハムを断ってみた。ちょっと残念そうにそのまま渡してくれた。やはりポリ袋にこだわりがある。

帰って午後も元気に仕事を進め、夜は生協のミールキットで晩ごはんにする。

添付のレシピに「煮立ってから中火で5分煮る」とあるのに気づかず煮はじめてしまった。煮立ってだいたいもう1分くらいは経っただろうと、4分セットしてタイマーをかけながら「ただしすでに1分経っていたものとする」と口から出たところで台所で勉強中の息子が復唱し、現役の子どもが言うとテスト問題っぽさがちゃんと出るものだなと感心した。

正しく5分煮えているのか分からずの煮ものだが、ミールキットの力でうまくできてみんなでうまいうまいと食べる。

夜は本を読んでいると娘がやってきて、こぶしの、人差し指の付け根の骨が「チュッパチャプスみたい」と教えてくれた。丸く盛り上がる指の根元の関節の上にもう一筋高く盛り上がる部分があって、なるほど、チュッパチャプスのように見えなくもない。

眺めてさすりながら、これは今後一生そう思い続けることになるぞと直感し覚悟した。

抜けも飛びも刺さりもしない

3月2日（木）

人の気配に目を覚ますも、あたたまった毛布といったらまゆのようで抜け出せず、するとシャクと音がした。

りんごを切っているな。

続いてジャクジャクかじる音もする。起き出した。息子が台所で立ったまままりんごを食べている。きのう1時間早く寝たところ、いつもより1時間早く目が覚めたのだそうだ。パンを焼いて朝の準備をして一緒に食べた。そのうち娘も起きてきて、子らは学校へ。私は在宅勤務。

昼休みになって、ついに私は学校に電話したのだった。

先日、学校に入金の必要があって銀行で手配したのだけど、あとで入金受付期間が私が入金した翌日からと案内のプリントに書かれているのに気づいた。フライングしてしまったのだ。

入金を忘れるよりはましだろう、学校から連絡があったら説明しようと放っておくつもりだったが、もしなにか大変なことがおきたらと、おそろしさに耐え切れなくなった。説明して経理の担当の方につないでもらうと、電話口の方はそれは優しく「承知しました、大丈夫ですよ」と言ってくれたのであった。

何がしか事情があって期間が決められていたのだろうから、守らず申し訳ない。こういう誰にどう影響するかがまったく未知の失敗というのがたまに発生し、どこへ向けていいかわからない手探りの反省を、私はよくしている。

反省しつつも安心のほうが大きく、ごはんをあたためて漬物を出してストレスから完全にときはなたれた状態でぼんやり昼ごはんを食べた。息子も娘も帰ってきて、ふたりとも授業が早く終わる日だそうだ。

テレビでテレビ東京の『昼めし旅』をつけていて、豚肉のからあげを作る様子がうつしだされた。

「うまそうだ」「うまそうだなあ」「たべてみたいなものだなあ」ざわめく子ら。

そうか……と思いながら、静かに午後の仕事に入る。

夕方になり風が強まった。木がゆれて戸袋の雨戸が鳴り、風そのものの、ごうという音も強い。

仕事を終えるころにも風はおさまらず、どんなものかと買い物がてら外に出る。通りがかった墓場では卒塔婆《そとば》が揺れていた。抜けて飛んできたら刺さるかもしれないとちょっと本気で思うほど強く風に揺さぶられていたが、卒塔婆は立てられた枠の中で小刻みに揺れはするも、抜けも飛びも刺さりもしないのだった。

目の前を猫が行く。まちで猫を見ることがほとんどなくなったから珍しい。目で追うと角を曲がり、曲がった先をのぞいてももういなかった。

買い物をして帰って晩の支度、野菜を切って、肉を出して、あれをして、これをして、娘の顔があり、フライパンを出してと、動作のあいだにはさまって、塾へ行っていたはずの娘がいた。

急でつい笑う。帰ってきた気配がまったくしなかった。

娘に伝えると「私は気配を消すのがすごくうまいんだよ、友達にもよく言われるよ」と言う。

本当に気配がなく、ただ急に顔があった。

適当な料理と、あと総菜のからあげで晩ごはん。「豚のからあげを作る技術がないから鶏だけどからあげを買ってきたよ」とテーブルに出した。

喜びの声をあげつつも、「私たちが食べたがったの、そんなに気にしなくてもいいんだよ」と娘、息子は「作る技術はあるけど作る気力がないんだ」と言って、どちらも本質をついた発言だ。

夜は大阪のホテルを探した。今度イベントがあって宿泊で行くことになっている。あちこち探すが決め手に欠け、やっとここだ！と見つけて予約しようとしたところでもうひとつさらに良いところが見つかり、申し込みをしようとするが満室表示になってしまった。

じゃあさっき見つけた方に……と戻ろうとするが、そちらのページをうっかり閉じてしまって探し出せない。

息子が宿題に出たという萩原朔太郎『月に吠える』の北原白秋による序文を読んで聞かせてくれた。が、ホテルのことでそれどころではなく、聞き流してしまう。「息子が萩原朔太郎『月に吠える』の北原白秋による序文を読んで聞かせてくれる」ことが今後一生あるとは思えずとんでもないものを私は失ったのではないか。

しかもホテルは結局どうしたらいいかわからなくなって、また明日探すことにした。

娘が寝床でまんがを読んでいる。毛布がほかほかにあったまったけど、なでる？と言って、掛布団の下から毛布をずるっと引っ張り出してなでさせてくれた。あたたかい。

きみの名前を知ることとそのもの

3月14日（火）

大人になって、人生は長くけっこう飽きる、ということを知った。もちろん仕事とか、趣味とか、友人関係とかまったく飽きのこない、むしろ知れば知るほど奥深く飽きる暇などないことはたくさんある、けれどいっぽうで、装いや食事といった日々のありふれた物事は気を抜くと飽きる。最近すこし、朝が来るのに飽きている。めずらしくパンを切らした朝だった。

代わりにご飯を炊いて、いただいたちりめん山椒をふりかけておいしい。すごくしびれるやつで、これをおいしいと感じる人体の感覚を珍しがりながら食べる。娘は辛味とかしびれとか、薬味的な味に一切興味を示さない人だから、海苔のうえに茶碗のごはんをぱかっとあけて、昆布をのせて海苔を畳むように巻き付けて食べている。

わらわらと出かけて行く子らを見送り、午前中は在宅勤務。

メールを書くのに会社の前の通りに咲く街路樹の品種を調べた。毎年、ソメイヨシノが咲くより早く、ピンク色の花をつける背の低い木々が植わっている。ヨウコウザクラと呼ぶらしい。いまの事務所は一昨年から通いはじめ、今年で春が3回めぐった。去年も一昨年も、咲いているなと思ったし、写真を撮ることもあった、行き交う人が眺めて楽しむ様子も印象的だった。でも名前を知らなかったから言及には至らなかった。

わかったとたんにあれこれの文章にヨウコウザクラと書きまくった。1日に5回くらい書いた。街路樹が、もう自分と無関係ではなくなった。これだ、これこそがきみの名前を知ることそのものだ。

午後、出かけねばならない時間が迫りあわててタイツをはこうとして、足の爪がのびているのに気がついた。時間がなく、やむを得ずのびた爪の上からタイツをはく。

足の爪を見るタイミングが足の爪を切れないタイミングばかりなのはどうしたことだろう。思いがいたしかたなくすれ違うのは人の心だけではないと本当に思うのだ。

のびた爪のままでとどこおりなく外出の仕事を終えて帰宅。娘も帰っており、小学校の卒業式を来週に控えて、1年生が似顔絵を贈ってくれたと見せてくれた。大きな画用紙にめがねをかけた娘が上手に描いてある。

私は娘のことを圧倒的にユニークな存在、唯一のこの人と思って接しているけれど、こうして絵になってみると「めがねをかけた女の子」と解像度がぐっと低くなるのがおもしろい。もちろん似ていないわけではなくて、丁寧に特徴をとらえてあるからこそ興味深く感じるのだろう。

愛らしいプレゼントで胸があつくなった。子どもはあちこちで何らかを自作し持ち帰る生きものだけど、周囲の子どもから創作物を贈られ持ってくるものでもある。まったく、行き来の全体が愛おしい。

夜は有吉佐和子さんのエッセイで長らく絶版になっていたのが復刊して話題の『女二人のニューギニア』を読む。1ページ目をめくったらすぐ夢中になって顔面が小さな文庫本に吸われるように集中した。

1968年に文化人類学者の畑中幸子さんに気軽に誘われてニューギニアのジャングルへ行くも、往路の山道を歩くのに足をけがして復路が歩けずすぐには帰ってこられなくなった有吉さんが、1か月現地に滞在した様子をまとめたエッセイだ。

滞在に対してポジティブじゃないと行かないような場所に、うっかり行ってしまった、ニューギニア生活に対して完全に後ろ向きな姿勢ですごした状況だからこそ書ける、冒険的な世界のやむをえない日々があまりにも新鮮で感じ入った。タモリさんの名言として知られる「やる気あるものは去れ」が、逆張りの冗談でありながら半分やっぱり本当だと思わされる。やる気のない者のいたしかたなさでしか出ない表現というものが、確実にある。

文中、たびたび小説の執筆力を向上させることへの執念が書かれる。すでに認められた名手が、どんな状況でも上手くなりたいと焦燥することにも勇気づけられた。

それから、パソコンに向かっていると娘がやってきた。

残った仕事を見ておこうと開いたはいいが、手がつかずサンリオキャラクター大賞のホームページを見てしまい、娘に対し「私いまサンリオキャラクター大賞のホームページ見てて忙しいんだけどなに」の状態になってしまった。

ひとしきりふたりでながめる。娘の好きなキャラクターが「バッドばつ丸」であることをはじめて知った。私の推しは「けろけろけろっぴ」。おたがいはげましあった。

なんでだろう、起きるのとは違い、寝るのは飽きない。家で酒を飲むのをやめて、寝ることの根本的な意味と流れる時間が変わった。寝ることが娯楽になった。

幻覚的なもうろうのない冴えた覚醒の頭、知覚も臓器も機能は正しく続くなか、眠気が眠気の力だけでやってくる。いまだ！　というタイミングで主体的に目を閉じて今日が終わる。

ひとつの世界の終わり

3月22日（水）

暑い夜だったのに、起き出してくしゃみが出た。近ごろは外にとめた自転車のサドルの上に常時黄色い粉が落ちて乾いている。これが花粉かと思うとなんらか症状が出てもやむをえない。

症を名乗るほどの花粉症ではないのだけど、基本的に全身アレルギー持ちで通年体のどこかがぐずぐずしているから春は花粉症のお相伴にもあずかる。

呼び鈴がなり、朝からなんだろうと出たら息子だった。珍しく余裕をもって学校へ出かけるも、体操着を忘れたのに気づいて走って取りに戻ったらしい。

まだいける、間に合う間に合うと声援とともに送り出す。子どものことはいつも心で応援している。「応援してるよ」とことばで伝えることもあるけど、こうして声をあげていかにも応援らしく応援するチャンスはなかなかない。

在宅勤務をはじめると近所の家からそれこそ大きな応援の声があがり、さては野球だな。WBCという大きな大会が開かれていることはニュースで聞いた。「ウオー!」「わー!」と声が上がるとそれがいったい何の「ウオー!」「わー!」なのかどうしても気になり、検索してなるほど日本のチームに加点があったのだななどつき止めて、これもまたお相伴の気分だった。

昼は魚肉ソーセージとちりめん山椒ごはんとおはぎを静かに食べる。ひとりの昼は、まずは冷蔵庫に残ったものがないか探して、残ったものがなくてはじめて新たに用意する習慣だ。残りがあればどういう組み合わせであれ何しろ食べることになる。どれも好きだからいろいろ食べられて豊かだった。

夕方になり娘が大荷物で帰宅。明日が小学校の卒業式で、式へは手提げで行くことになっているから、今日が6年使ったランドセルの最終背負い日だった。

朝も出かけて行く様子を大騒ぎで撮影したのだけど、なんだかもったいなくてあっちこっちからまた撮らせてもらう。

荷物は学校に置いてあったお道具箱やら体操着やら絵の具セットやら私物のすべて。ランドセルがまさにそうだけど、体操着も学校の机にぴったり収納できるサイズのお道具箱も今日でお役御免なのだと思うとどこか信じられない。

息子は今朝、体操着を走って取りに帰ってきた。必要な人にとってはそれくらい大事なものなのだ。絶対に必要で、もしなくしたら同じものを買わねばならないほどの品だったのが今日を境にまったく不要になるからあっけない。もしここが野生の王国であればあり得ない不自然ともいえることで、文明の感慨がある。

娘のライフはこのあとも脈々とゴーズオンなのだけど、間違いなくひとつ世界を終えるのだな。大したことのようで、実はそんなに大騒ぎするようなことでもなく、何かといえば時間が過ぎたことを確からしくしているだけかもしれない。

張った糸をはさみで切るようには意識はすぐには変わらない。捨ててしまっていいのか不安で、ランドセルはとっておくとして、捨てるしかないぼろぼろに割れた道具箱だって明日のごみの日にはちょっと出せそうにない。気持ちがホットなうちは捨てないでなんとなくおいておき、気がすんだら捨てることがよくある。小学校で使ったものたちもそうしよう。

持ち帰ったもののなかにはこれまでの授業で使った大量のプリント類もあった。卒業にあたり今後の人生で大切だと思うことを書いておきましょうというテーマの作文を、これなら読んでもいいよと渡され飛びつく。

みんなと協力し合うことは、仕事を分け合うことだ、手伝うと言われたときに自分ひとりでできるからと断らないことだと書いてあった。

つい先日、町会の集まりで荷物を運ぶ役目をご近所さんと私のふたりで言いつかった。荷物は大きなのと中くらいのふたつ。大人はこういうときに大きい方の荷物をつい取り合う。結局、途中で交代しましょう、と決めた。無償労働においては苦労は手柄だ。苦労を一手に引き受けることは、実は手柄の独り占めにもなり得る。

娘も今や私と同じ社会で生きているのだと思った。

晩は冷凍餃子をたくさんいただいたので焼く。フライパンで油を熱してから餃子を並べるとこちこちに凍った餃子が油で急にあたたまって、ぶるぶるふるえた。最近は火をつける前のフライパンに油をひかずに並べるタイプの冷凍餃子が多いから、ふるえる餃子は珍しく、しっかりながめる。

3人そろって食べながら、テレビで世界の三大デマというのが取り上げられていて、そのうちのひとつがネッシーだった。

私は学研の学習まんが『いる？いない？のひみつ』を小学生のころ猛烈に愛読していたから、ネッシーが確定的なデマだというのがいまだにピンとこない。当時の子どもの世界には超常現象や未確認生物が結構ちゃんとあるし、いる雰囲気があった。ネッシーを信じたし、小学校5年生のころ転校した新しい小学校で聞いた「25メートルをクロールで泳げないと進級できない」噂もすっかり信じて、私は泳げないからもうだめだと思った。とんでもないことのひとつひとつに丁寧におびえていた。

隣の家で、うちと同じノーリツの給湯器の音がした。風呂が沸いたな。

まんじゅうにどこまでも盛り上がってしまう

3月23日（木）

目を開けて、もう少し寝ようと目を閉じてすぐ開けた。だめなんだ今日はもう少し寝ては。娘の卒業式の日なのだった。緊張が高まりすぎると感覚が〝面倒くさい〟に近づくのはいつも不思議だ。

娘の門出の日であり、大変なお祝いで私にとってもターニングポイントになるだろう行事、面倒くさいとは状況として完全に真逆なのだけど、緊張が気持ちをおっくうに追いつめる。

体のほうは健やかで、身はすぐ起きた。

普通の通学日の息子を起こし、洋服のように着付けられる簡易的なものとはいえ袴を着る娘も早めに起こす。

珍しくみんなでそろっての朝ごはん。実家にりっぱな花豆の煮豆をもらって私は大喜びしていたのだけど、娘は好きでないらしい。お母さん食べてなどと言っていつもの朝のようだけど、食後、娘はとっておいた良いほうのコンタクトレンズをつけた。

コンタクトレンズを生活に導入した当初、使い捨てのいくつかを眼科ですすめられ、最初のうちはこれがおすすめですと言われるがままに買ったのが、これでは毎日は着けさせられないと音を上げる高級品だった。さすがにあんまり高額なものだから、先生がすすめられるものでいちばん安いのはどれでしょうかと素直に聞いて乗り替えたのだ。

なんと娘は高級のコンタクトレンズの最後の一組を使わず卒業式用にキープしていた。気合が、しっかりと入っている。

学校行事に対して、この人はいつも前向きにはりきってきた。先生やクラスメイトにめぐまれて、しんどいこともそれなりにあったとは思うのだけど、おおむね朗らかに過ごした証拠の高級コンタクトレンズじゃないか。

普段は山に暮らす子らの父もさすがに卒業式ともあれば山にはいられなかったのだろ

う、遠いところをやってきてくれた。ダンボール箱にいっぱいの夏みかんは山のそこいらでなっていたものだそうで、すっぱいけれど無農薬ですばらしい味だと、それから近所のおばあさんがお祝いに炊いてくださったお赤飯と、家にあったからとレトルトのカレーとミートソースもくれた。

小学校の卒業式は3年前に息子のに出て2回目で、前回同様、卒業証書を受け取る人ともらって戻る人が決められたルートに従って次から次へとすたすた歩く様子がファミコンのゲームみたいでおもしろい。娘も神妙にルートをたどって受け取って自席に戻った。

子どもたちひとりひとりがなんらかのことばを発声してひとつの詩をそらんじる、小学校の卒業式でよくある「呼びかけ」が今回もやはりある。思い出のさまざまが、並んだ卒業生各人から述べられ聞き入るも、最後のことばが

「そろそろおわかれのときです」「ありがとう」「さようなら」

と締めくくられたのにはあまりに過激でびっくりしてしまった。

「さようなら」ということばは普段あまり使わない。

日ごろは「じゃあね」「またね」「ばいばーい」などが多用され、「さようなら」は劇的な、たとえば別れる決断をした恋人同士が嫌味の捨てぜりふとして使う印象がある。

学校はなくならないし、子どもたちはきっと明日も元気だろう。だからさよならなんて言わないでよと思ったら涙が出て、しかし出てしまってから、ああそうか、子どもは学校

で帰りの会で「みなさんさようなら」と言うのだ、「さようなら」に耐性があるのだと分かった。

式が終わって、子どもたちを花道を作って送り出して、それから仲の良い子らや家族、先生とで写真をひとしきり自由に撮りあって帰宅。

父は山でやらねばならないことがあると、お赤飯も食べずに帰っていった。

ワンピースを脱いでジーパンとパーカーに着替える。娘も普段着に着替えて、ばしっとしたおしゃれが一気にほどけた。とくべつな日のとくべつな時間が終わったあとの半日にも独特の風情がある。

教材はすでにすべて持ち帰っていたから、今日は通信簿と卒業証書と記念品だけ持って帰ってきた。記念品の紙袋の中をのぞくと大きな箱の上に紅白まんじゅうの小箱が入っている。

あっ！まんじゅうだ！

そうだ、PTAの卒業記念回収金の収支報告書の明細に「紅白まんじゅう代」との項目があり、私は（まんじゅうがもらえるのだな）と、あらかじめ「しめしめ」を感じていたのだった。

紅白まんじゅうは小学生のころ、給食の時間に突然に配られたことがあった。市が政令指定都市になり、市立の学校中にふるまわれたらしい。私はあれが本当にうれしくて、今でもずっと覚えているくらい。急にまんじゅうがもらえるということはめでたさのメタファーだ。

つい娘に「まんじゅうがあるね！」と大声で言ってしまった。娘はあんこに興味があまりない人で、お母さんとお兄ちゃんにあげると言うからまんじゅうに対してどこまでも盛り上がってしまったことを恥じる。

とても美しい洗練された紅白まんじゅうだった。東京の都心で配られるとまんじゅうも都会的なのだな。

先生からはなむけとして先生ご自身の人生を支えた名言をまとめたプリントも記念にいただき、食べながらのめり込んで読む。

アインシュタイン、ニーチェ、井上ひさし、松下幸之助など名言界の巨人がならぶなか、南海キャンディーズ山里亮太の母、と名前が連なっており流れていた目がとまった。「努力して結果が出ないとしても経験が残る」と書いてある。時代やジャンルをこえた著名人が並ぶ一覧だが、さまざまさが分かりやすく軽やかでいい。

夜は娘の友人家族に声をかけてもらい食事の集まりがあって出る。あらためて盛り上がり、娘が帰りに「楽しかった」と言って、なによりもうれしい。

集まりでほんの一瞬、過去に娘がクラスメイトに茶化されたエピソードが話題に上がった。帰り道に私が「嫌だなあ」と言うと、娘は「お母さんは私のこと悪く言う人がいても鎮まって、私はぜんぜん気にしてない、嫌だと思ったら私はちゃんと怒れるんだから」と言うから心をおちつける。

娘の気持ちはいつもからっとして、誰にもじめっとさせない。加害を飲み込むのとは、これはわけが違う。

春の夜は青暗く空気がぬるかった。息子からＬＩＮＥで茶碗蒸しがレンジで爆発したと届いた。

小枠も小枠な生き方の多く

3月25日（土）

今日は引っ越しをする。息子が私の部屋へ、娘が息子の部屋へ、私は娘の部屋に移る。新年度、息子が高校生に、娘が中学生になるのを区切りに、家の使い方を変えることにした。

なのだけど、急に午前中いっぱい仕事に行くことになり、起きてきた息子にいったん、持ち物をすべて居間に出すところまでやってほしいと言いつけて出かけた。

自分の持ち物が目の前に一覧になることに対して息子ははりきった様子だ。テレビ番組で家のなかのものをいちど全部外に出す企画を見たことがあるが、普通に生きているのではそんな機会はない。息子の私有スペースは狭小なのだけど、どれくらいのものがあるだろう。

　無事に終えて午前中のうちに帰宅。息子の荷物が居間いっぱいに広げられており、うわ、思った以上だ。ベッドの下の収納に中学3年間のプリント類やノート類、問題集や教科書がたまっていたそうで、引っ越しダンボール4箱分くらいある。なるほど、これくらいの量になるんだな。

　息子は明日から2泊で旅に出る。今日中に片づけないと2泊のあいだ、娘と私はこの状態の居間ですごすことになる。

　午後をまるまる作業にあてることにして、いったん昼食。子どもたちには餅を焼いて、私はそばをゆでた。引っ越しそばだ。

　娘が「引っ越しそばってこれから、お傍《そば》でお世話になりますって意味でしょう?」と言い、まさかと思ってしらべてみると本当にそういう意味もあるらしい。自力で由来にたどりついたのか。

　食べながら厳しい面持ちでこのあとの作戦を伝える。まずは私が部屋から自分のものを全部出す、出したそばから息子は詰める。

　すでに息子が空にした部屋に娘はすばやく自分の持ち物を移動させる。娘が部屋を空けたら、私も荷物を順次移動する。

作業を開始すると、自分の持ち物のなにもかもが要らない気持ちになった。片づけるくらいなら捨てたいと、逃げるような面倒な気持ちになってしまい、これまで数年着ずに、でも捨てる勇気がなくとっておいた服をばりばり驚くほど執着なく古布リサイクル行きの袋に詰めた。

そうして午後いっぱいをかけ、引っ越しはあらかた終わったのだった。

娘が友人たちに夕食に誘われており出かけることになっていて、送りがてら100円ショップで掃除の仕上げ用にコロコロさせてごみを取るクリーナーを買う。

店内で探すうち、母方の祖父母がコロコロ好きだったのを思い出した。居間の床がカーペットで、祖父も祖母もよく転がしていた。贅沢が好きな人たちだったから、どんどん新しい面を出して、1ロールくらいすぐに使い切った。危なく忘れたままにするところだった記憶だ。しっぽをつかんで引っ張るような思い出し方だった。

帰って息子に渡すと、新たに息子の陣地となった部屋から、しばらくコロコロ音がする。

晩は息子とクリスマスみたいな骨付き肉を食べる。2本だけ実家からもらって冷凍しておいたのがあった。食べるなら娘が不在の今しかない。うまいうまいと食べきった。

娘が帰宅し、食事代として持たせたお金を入れていた封筒だけ持って帰ってきた。昼間あんなに暴れるようにものを処分したのに、封筒は捨てずに文房具置き場の紙入れに戻した。

あちこち片づいた。せいせいしつつ、夜はひとり静かに、クレジットカードのたまったポイントが失効しないうちにAmazonギフトカードに交換する。以前うっかり4000ポイント失効したことがあるからいつもひやひやして早めに交換している。

発行されたコードをAmazonに登録しながら、こういう細々した日々の手続きを私は誰に習ったわけでもなく勝手にやっているなとしみじみ思う。子どもたちもそのうち勝手にやるようになるんだろう。泣いてばかりだったあの子らはかつての私でもあって、それが、クレカのポイントをギフトカードにしてAmazonに登録するのだ。ほとんど奇跡だ。

生きる手続きの多くは教わって行うものでもない。クレジットカードのポイントを移行するような、大枠ではない、小枠も小枠な生き方の多くを、人は誰もがひとりでひっそり静かに実行している。

今日から寝る新しい寝床は、きのうより天井が近い。貼られた壁紙のしわに焦点を合わせたり外したりするうちにするりと目が閉じた。

手のひらで光ってはじける塊の時間

4月2日(日)

ToDoを消し込むことは快楽である+家でお酒を飲むのをやめて休みの日も早起きでき

るようになった＝休日の朝にToDoをばんばん消して気持ちいい
　この式で動くのが近ごろは痛快だ。あそこに大きな余裕があるぞと楽しみに起きて、とびついて両手の上にたっぷり時間を収穫する。塊になった時間が手のひらで光ってはじけ、私はしめしめと眺める。

　たまっていた家事や書きものの作業をわんわんこなして、ひと息つくと息子が自室を片づけているのに物音で気づいた。最近自宅内で陣地を取りかえる引っ越しをして、息子はこれまで私が寝室にしていた部屋を使うことになった。

　古い時計が出てきたらしい。電池が切れて止まっているそうで単三電池を買いに行くと言うから、電池といえば安いことで有名なまいばすけっとに行くようにと、ついでに買い置き用に4本セットを4パックくらい買ってきてくれと送り出し、戻ってきてレシートを見て驚いた。2500円とある。

　息子が買ってきたのは、かの高級電池、エボルタネオだった。

　ロボットが崖登るときに入れる電池だそれは。真後ろに倒れそうになり「あのね……これは……すごくすごく良い電池でね……」と言うと息子はパッケージを開封し「ほんとうだ、外装がすごくはがしやすいし、一本一本が個包装にもなってる」と言う。

　パッケージは開けたところに「お買い上げありがとうございました」と書いてあった。高い電池をお買い上げありがとうございました、だ。

すばらしい品だから、長くもつから、と自らを奮い立たせた。こういうときこそ、がんばろうと思う。

作業に戻ろうとして、日ごろ使っているウェブサービスからユーザーアンケートの回答を求めるメールが届いているのに気づく。いつもお世話になっているしこれは答えねばな！とアクセスすると、Googleフォームに「権限がありません」と表示された。閲覧権限を開放しないままURLを不特定多数に送ってしまう大人が、私以外にも存在している。なんと力強いことだろう。ともに乗り越えていきましょうぞと、今あわてているはずの遠くの誰かを思う瞬間、訂正のメールがもう来た。シンパシーが強まる。

仕事にミスは少ない方がいい。だけど「私だけじゃない」と共感を呼ぶ意味で、生死にかかわらない現場ではむしろ失敗は歓迎されることもあると思う。

それから書類を紙で出す必要があってプリンターで出力していると、インクジェットプリンターのあの独特の、ジャッジャッジャッジャッジャッという音がして床がゆれた。と、息子がやってきてこの音に合わせて踊ったのには驚いた。なんて陽気な人なんだ。息子には音を拾う性質がある。ティッシュで鼻かみをしたあとで、その音をもういちど口で言ったり、とらまえた音で自己表現せねばいられないようだ。こういう、ことば通り調子のいい人が高い電池を買うんだろうと、そこにどんな因果があるのかは分からないまま偏見の気持ちがわいて消した。

夜はイカのトマト煮。食後にこのところ1話ずつ大事に娘とみていた、若手ファッションデザイナーが賞金をかけて技術を競うリアリティショー『ネクスト・イン・ファッション』のシーズン2の最終回を見る。

最終決戦は3人の出場者が8着のコレクションを短期間に作りきって発表する企画だ。ショーのあとで出場者の父親が「おまえの服は旅をしている」と評したのがよかった。詩の力を持つ人のことを信用している。

いちばん大きな音のカッター

4月4日（火）

春は毛布を横に押す。眠るうちに暑くなって寝ながら隅に押しやるか、ぱっと目覚め暑い！と怒って意識的にぐいぐい横に押し体の上からはぎとるか、どちらにせよ、春は毛布を押す。

今日は気づいたら半分押しのけてあったから、目覚めて残りの半分も横にどけた。ぬる暑い、春の朝だった。床を歩く裸足がスリッパを探さない。

生きていると日は過ぎてしまう。明日は娘の中学の入学式で、息子は今日が始業式で、儀式のうえでもどうしようもなく春だ。時は止めることができず、来るなら迎えるしかなくて、茫然としている。

中学の入学がなにしろ手探りだ。説明会が1回あって、制服の注文会というのがあって、どうも注文会で指定の上履きや体操着、制服の一式を揃えるらしいことはわかって、うちはありがたいことに近所の友人から制服のおさがりを譲ってもらうから、上履きと体操着だけ流されるままに買った。

制服のシャツはなんでもいいんだろうとなんとなく判断してネットで揃えて、そういえば靴下はどうなんだろう。説明会の資料を見ると、白か紺か黒、としか書いておらず長さがわからない。制服をくれた友人に聞くと「基本ハイソックスだけど長さは自由だと思う」と言う。おそらく入学してみると子どものあいだでいろいろと内規がある類いのことなんじゃないか、とりあえず紺のハイソックスだけこちらもネットで注文して、全体的にずっと漠然の感じがある。

始まってしまえばなんてことないとは思うのだけど、あたりをきょろきょろ見まわして、足りてないものある？　これで準備オーケー？　と様子を窺うこの感じは新学期そのものであり、親になってもその手ざわりが子どもの生活から輪郭として伝わる。

同調圧力ということばがあって、それが強い社会で生きているからそう思うのだろうか。私たちがそういった圧力のない土地に暮らして、靴下の色や長さや、シャツをどこで買うかにとらわれなければ気楽でいられるものなんだろうか。そのあたりの感情の可能性もよくわからない。

私は在宅勤務、娘は時間を余らせていて、ネットフリックスで『あたしンち』のアニメをずっと観ていた。良いシーンがあると私を呼んで巻き戻して観せてくれる。『あたしンち』はいわゆる日常系のまんがだけれど、ほんのちょっと日常のゲージを振り切ってちゃんとギャグをやるところに信頼感がある。サービス精神あふれる良心で作っているコンテンツだと思う。

昼はごはんを炊いて、おにぎりかお茶漬けかを各自選ぶ方式にする。子どもたちにはお茶漬けが人気だった。私は断然おにぎりだ。

それぞれにあれやこれやで過ごし、私は仕事を終えて夕方、夜の鍋に入れる豆腐と豚肉と、ストックが切れた水切りネットを買いに出た。

最近、近所のセブンイレブンにダイソーののぼりが立っている。棚をひとつあけて、100円の商品を並べるようにしたらしい。水切りネットだったらあるだろうかと行ってみると、まんまと30枚入りのよさそうなのがあった。こんなにもくろみ通りに買い物ができることはそうそうない。

続いて向かったスーパーでは鍋のつゆにおつとめ品の3割引きシールが貼られ並んでいた。春になって、鍋のコーナーが縮小するのだ。冬のうちに買って使えずにいた鍋つゆをいざ今日使おうと、それで肉を買いにきた者として、なにくそと、奮い立つ気持ちになる。

帰って神妙に鍋を煮た。3人集まり「これはうまい」「すごくうまい」と言い合って食べ、鍋コーナーの終了に対し勝手に一矢報いた手ごたえを得る。

食後、娘が机の上に出ているカッターを眺めている。息子がプリントを製本するために出したやつだ。新しい1本と、古くから家にある使い込んだ3本、切れ味を試すので全部出してそのままになっていた。

娘はきりきり刃を出した。3本それぞれ、出してはひっこめる。

「お母さん、向こうむいて」と言うから言われた通りにすると、「いまから一本一本別のカッターの刃を出すから、どのカッターがいちばん大きな音がするか教えて」と言う。

明らかに音の大きな1本があった。そのあと、いちばん小さな音のカッターも見極めて答えると、娘は音の大きさ順に並べた。

夜になると気温が下がって、風呂に入って温まった体を横にするのが気持ちいい。すぐに眠くなり目を閉じるともう脳も閉じそうになる。あわいに、うちは週に一度台所のシンクの水切りネットを換えるから、今日30枚入りを買って、このあと30週もつのだなと思った。半年以上だ。うれしくなって、明日の入学式の不安がいやされた。

本気の餓鬼でもなかったようで

4月16日（日）

パンとハムとチーズとレタスの朝ごはんを食べて息子とふたり、どうも食べたりないですなという雰囲気だった。

冷蔵庫を開けても何もおもしろいものは入っておらず、薄力粉があるから、油と砂糖でクッキーを焼くかと、示し合わせていそいそ作業していると遅れて朝食の満腹感がやってきて、焼きあがるころにはすっかり腹はふさがっていた。

クッキーを焼くというのはそうだ、食べたい気持ちと、焼きあがって食べられる状態になるあいだに結構なタイムラグがあってすれ違うんだ。忘れていた。

作ったクッキーはおいしくてそれなりに納得して食べる。娘も起きてきてテーブルに準備してある朝食を食べずにいきなりクッキーに手を出しており、何も悪くはないのだけど、早起きする人とゆっくり寝ている人のあいだの関係性にはどうしてもアリ感、キリギリス感というものが出てくる。

娘がキリギリスだとしたら悲しい結果を迎えることになるわけで、そうさせるわけにはいかない。

家のみんなでにこにこしていられる時間を1秒でも長く引き延ばしたい、最近そのことをよく考える。家族3人、そろって笑っていると、笑っていられるのも今のうちなんじゃないかと、どこかから冷や水を浴びせられるのではとつい身構える。いつでも反撃できるように一瞬も気を抜かない殺し屋みたいな暮らし方を、幸せに対してしている。

気持ちが荒ぶって眼光も鋭くなった。颯爽と洗濯物を干すべく部屋を横断しようとすると、息子が逆方向から台所へやってきて、ふたりしかいない部屋で混雑したスクランブル交差点みたいに衝突した。はじけるようにおたがい飛んで、「なんで？」「なんなの？」とめちゃくちゃに笑う。

夢中で自分を生き、周囲を見ない人だけが集まるとこういうことになる。

今日はいちにち晴れだというから洗濯物を外に出すのも気軽だ。風に軽くなびくさまを見て達成感にあふれているとＬＩＮＥが着信し、近所のスーパーの公式アカウントからだった。

見ると「第14回からあげグランプリ　東日本スーパー総菜部門で当社のからあげが金賞を受賞しました!!」とある。

なんと……。

よかったな!!

なじみのスーパーがからあげの大会で栄誉ある賞をとる。ＬＩＮＥを登録しておかないと絶対に知り得ないことだ。登録しておいてよかった。

それから娘と連れ立って買い物に出た。娘が急に「服はあるけど着る服がない」と言い出したのだ。

「お母さんもそういうことってある?」ぜんぜんあるよ、それ、かなり多くの人が思っていることだよ。

服はあるけど着る服がない。装いに対する慣用句的な言い古された言説ではあるが、娘が手探りでそこにたどり着いたというのは、つまりこれは圧倒的本質ということなんだろう。

街へ出て、GUやH&M、それから安い古着屋などあちこち回って数点買った。

私はドラッグストアで化粧品を買う。ここのところずっと、マットなアイシャドウを使ってみたいがどうしたらいいんだろうと真顔で悩んでいたのだけど、答えは「マットなアイシャドウを買う」であって、私はとくに装いについて、ちょっと考えればすぐに分かるはずの、買う、とか、調べる、という答えが導き出せず、ただぼんやり願うままでいることが多い。

「本気で考えていないからだ」と友人には言われるが、ちょっと違って、おそらく私は、放っておけば自動的に自分の思い通りになる幻想にとらわれているのだ。

普段から自分らしい装いの人はそこの挙動がしっかりしていて、ちゃんと行動することにより自分のしたい装いを能動的に冴えてきりっとつかみとっている。私は何もしないいま変わらずに、おかしいな、と思っている。このことは常々自覚しないと、すぐに忘れてしまう。

帰り道、小さな食パンのマスコットが道に落ちていた。

リュックに大きめのぬいぐるみのマスコットを付ける人が学生を中心に増えた。何がきっかけだろう、ガラケー時代に高校生が大量のストラップを携帯につけた、あのあたりのカルチャーが出発点だろうか。

私は道で誰かのかばんにぶら下がるマスコットがゆれるのを見るのが好きで、人がかばんにマスコットを取り付ける、そこに少なくとも必ず何らかの意思や事の流れがあることに滋味深さを感じる。

道に落ちた食パンのマスコットはきっと誰かのかばんからちぎれ落ちたのだろう。食パンのこと、持ち主はどれくらい思っているだろうか。すごく大切にしていたとしたらきっと捜してみつける。まったくこだわりがなかったらすぐに忘れる。ちょっと気にかけるくらいがいちばんさみしいように思う。本気では捜さないからもうそれきりだけれど、たまに思い出すことになる。

誰か取りに来るかもしれないから、拾わずにそのままにしておいた。

帰って、夜は大袋で親戚が送ってくれた冷凍の餃子を焼く。ひとり8個のつもりで24個焼いて、娘は早々にカウントして自陣に8個を引き寄せ食べたのだけど、私と息子は途中で個数がわからなくなってしまった。

「ああ……」と悲観する娘。娘は食が兄と公平であることを常々意識して生きているから、兄がきっちり8個食べてくれないと困るのだ。

いっぽうの息子はわりとどうでもいいと思っているようだ。私はたぶんあとひとつで8個目だけど、自信はない。もし9個目だとしたら、高校生から餃子を奪うことになるのかとはっとした。

罪悪感が高まり黙っておられず「もしかしてこれ9個目かもしれない」と白状すると息子はとくに不満を言うことはなかったのだけど「そうだとしたら、差としては2個だからね」と言う。

そうか、私がひとつ多く9個食べると、息子はひとつ少なく8個じゃなくて、7個になるのか……。

申し訳ないという気持ちとともに、さすが中学受験した子だなという尊敬がわき（中学受験に対し、とんちみたいな算数をやらされるという偏見を私は持っている）、そして腹はいっそうふくれて感じられた。

明日からまた月曜日、息子に弁当がいる。

弁当を作るのに、前日の晩ごはんを少しとっておくといいとは弁当有識者が口をそろえて言うことだ。それに対して私はずっと、そんなのできるわけがない、だってあるだけ食べちゃうものと反発したけれど、やってみると案外そこまで本気の餓鬼でもなかったようで、できた。

ちょっと取り分けておく、すると少量の総菜に急に尊さが宿る。これが明日の助けになると思うと、信頼がわいて興奮する。

尊び信じて優しく

4月20日（木）

息子のお弁当用に、きのうごはんにまぜるタイプのふりかけを買ってきた。炊いたごはんにまぜて弁当箱代わりのタッパーにつめる。朝食にパンを焼いたけど、みそ味だというふりかけのまぜごはんも食べてみたくて、3人、それぞれのお皿にピンポン玉くらいのサイズににぎって盛った。

炭水化物を同時に2種類食べると体に良くないという噂をいつか聞いて、うそかまことか定かではないままに教えとして大切にしていままで生きてきたから、これは禁忌だ。こっそり隠れるように神妙に食べる。おいしい。パンもおいしい。

弁当を持って息子は学校に出かけて、娘にも声をかけて洗濯物を干していると、起きて食卓に着いたらしい娘が「学校にまにあいましぇ〜ん！」と言った。

どういう言い方……？　と疑問がわくやいなや、アクセアだ！　とはっとする。

私たちが夜たまに観るTOKYO MXのニュース番組『news TOKYO FLAG』で流れる、印刷会社のアクセアのCMに「会議にまにあいましぇ〜ん」と困る若手の社員が登場するのだ。

コミカルな演技と、「それじゃあ、リモートで参加できるか」などと指示を出しつつアクセアの利用で解決を促す先輩社員の冷静な演技に妙なギャップがあって、私たち家族はこのCMを楽しみにしている。

時計を見ると、娘が出かけねばならない時間の、もう10分前だった。状況はそれなりにシリアスだ。あわてて朝食はあきらめて着替えや洗顔などを優先するように冷静に伝え、すると自分がアクセアのCMの、まさにあの上司のようだ。

「なんなんだ」とふたりで笑うが、このそれなりにギリギリのタイミングにもかかわらず悲観せず「いまだ」とばかりにCMのまねをする娘の余裕が嬉しくもあって、がんばれがんばれと声援を送りながら送り出した。

午前中は在宅勤務で作業をまるまる終わらせ、昼に娘の残した朝ごはんを食べて午後は会議に出席するために会社へ。とどこおりなく終えてさっと帰宅する。

帰り着くと玄関の上がったところに生協から配達されたらしい発泡スチロールの箱が積

んであった。中を見ると空だ。娘はすでに塾に行って不在で、息子に聞くと何もしていないというから、娘が学校から帰宅して玄関の前に置かれているのに気づいて室内に入れ、食材は箱から取り出して冷蔵庫に片づけてくれたようだ。

感激して私は歌い出した。

生協の加入は今回が人生で3回目だ。これまでの2回、やめた原因が、疲れて帰ってきたところで家の前にどっさり置かれた食材を自宅に引き入れるのが大変だったから。娘がそこをやってくれるとは、自立した人が家に現れたのを感じる。

夜は早速、配達されたミールキットを使ってタラのチリソースとにんじんのマリネ。ニュースで「暑熱順化」が話題になっている。はじめて聞いた。体を暑さに慣れさせること、だそうだ。

たしかに夏は最初がきつい。大変な猛暑でも、8月も中盤を越えてくるとあきらめて飽きて、体だけじゃなく心情にも余裕ができてくる。

しかしその慣れに独自の名前がついて備えようと叫ばれているのは知らなかった。ある特定の状況を指して「そろそろ名前つかないかな」ということがあるが、まさにこれじゃないか。暑熱順化はワードとしてピンとこないところに味わいがあって、それもいい。

食後は娘が入学式の写真ができたと渡してくれた。並んだ人のなかに、笑う娘と私を見つけた。あまりの小ささにスマホでそうするみたいにピンチアウトしようとしてできない。

私は中学校の3年間、あまりよくない日々だった。手ごたえを感じて興奮することや、今に通じる出会いに恵まれたり、それに成長の実感もあったけれど、決定的に人に軽んじられ、世の中を捉え違えた。捨てきれない薄い自信にかろうじてすがりながら、寝て起きると明日が来るから、だから暮らした。

写真の中のクラスの世界に何があるのか私にはまったくわからない。必要以上に解ろうとすることでもないように思う。ただ私は尊び、信じて、家の世界を優しくする。

夜はふたり組で歯磨き粉を搾った。チューブの残りが少なくなって、両手でないともう搾り出せない。ひとりが搾り、ひとりが歯ブラシを構える。子どもたちはさすがにもう出ないだろうと言うのだけど、これが案外まだ出てくる。あと1週間はいける。

気がすんで寝るが夜中に目が覚めた。半周ではなく一回転の寝返りをしてみようと、ごろんと転がり壁にぶつかる。

弁当の責任と関心

4月26日（水）

寝床で夜中、薄く目を覚まし雨の音を聞いて、そのまま寝ついたら雨音が聞こえると誰かに伝える夢を見た。

起きて弁当のホットサンドを作る。ちょっとパンを焼きすぎてしまったかもしれない。弁当は、作った状態で食べるものではないから、時間の経過でどうなるか私のような素人にはいちかばちかのところがある。しかも食べるのは息子で私ではなく、博打の結果はわからない。

人にお弁当を作ることはすこし不思議だ。息子は自分が作っていないから、自分で食べるけれどどこか他人事のように無責任でいられる。けれど弁当がとんでもなく悪い状態だったら当事者として困るのは息子でしかない。いっぽう作った当人である私は食べることができず、どう食べたかの真実を正確に知ることは難しく、言ってみれば無関係だ。

ちょっと子育てみたいだ。

子どものころ、私は自分の人生にそれほど興味がなかった。人生の責任の所在は親にあり、自分にはなく、だからどうでもいいように思って熱意のない生き方をしていた。大人になって急にきっぱり自分の人生でしかなくなって、全部が全部自分ごとになって、やっとこれは私の人生なのだとわかった。

挟んだハムカツにからしを塗っておいたから、辛いけど驚かないようにとだけ息子には伝え、持たせて見送り娘も起こす。

朝食にむいたゆで卵をふたつに割って銘々のお皿にのせて出したが、娘は「朝はゆで卵がのみこめない」と言った。娘は朝が苦手で、朝食時にあごが動かず咀嚼《そしゃく》と嚥下《えんげ》の機能が昼夜よりもうまくいかないらしい。なるほど、ぱさぱさしている黄身は飲み込みづらいんだな。ピーナツバターも粒の入ったものはだめで、スムースタイプのだったら大丈夫というから興味深い。

私は朝が大得意で、小食ではあるけれど誰かが作ってくれたらカレーでも牛丼でもたくさんでなければ食べられる。ステーキだっていける。飲み込めない人もいるのだと、共感できないぶん言われた通りに納得するしかない。

洗濯物を干して食洗機を回してあれこれやっつけていると、娘も支度を終えて「本当に黄身だけお皿に残したからびっくりしないでね」と言って学校へ行った。

ぬるい大気にそれほど冷たくない雨がじゃぶじゃぶ降った。昼前に出社、会議を渡り歩いて帰宅すると娘はすでに塾へ行ったあとで、息子は部屋でニンテンドースイッチをしている。ホットサンドは冷めてもおいしく食べられたそうで、よかったよかった。

この家では中学生の娘が塾へ行っているが、塾に行くべきは高校生の息子なのではないかという気が、実はしている。なんとなく流れでこうなったのであって、とくべつ強固に思いがあっての采配ではない。

子どもの習い事や塾など、親のコントロールで行われることがあまりにも多く、改めて何度でも新鮮に驚く。親が子を育てるとはそもそもそういうものなのだろう、でも、子の体験オプションの選択を一手に任されることはそれなりにおそろしい。金銭や時間的余裕から、やむを得ず不自由に選択せざるを得ない場合ももちろんあるけれど、それにしてもなにも与えないことを含めて選択肢が異常にある。

振り返ると、娘がいた。

娘は気配を殺すことにたけており、はっと気づくとそこに立っているようなことがこれまでも多かった。最近そのことが家族内で認められ言語化されたことにより、本人が意識的にそれに取り組み邁進《まいしん》するようになって、結果、本当に気づくとそこにいて驚かされる日々だ。すごい才能だと思う。

「すごい！」「すごいでしょう！」とたたえ、それから夜は生協で届いたミールキットの豆腐団子の炒め物。

ミールキットの総菜は私が調味しているのではないから、食べて照れずにまた疑問を持たずに「おいしい」とほめやすい。遠慮なく味わえる。

突然娘が笑って、どうしたかと聞くと口に箸を入れたときに右の歯に当たって跳ね返って左の歯にあたってまた跳ね返ってボウリングみたいだったとのこと。

寝る前に本を読んでいると息子がやってきて、カフカの『変身』がきもちわるくて読み進められないのだと言って照れた。「読めないと分かったことが大変な収穫だから」とはげますが、なんだかくねくねしてどこかへ行ってしまった。

うつらうつらとし、手に持った本の行を目で追えなくなった。あらがわず寝ることにする。娘の部屋を通りかかると足を上げているから、どうしたのと聞くと「日食だよ」と言う。

足で天井の照明を隠し、少しずらして光を漏らす。私も寝転んでやってみた。ほんとだ、金環日食みたいだ。

今日は一緒に行けてよかった

5月5日（金）

あんまりな夢だ。幼児の姿の息子が行方不明になり大声で捜した。どういうことか、息子の親は私ではなくほかの夫婦で、ほんの一瞬のすきにどこかへ行ってしまったのだと言った。

逃げるように起き出して手かげんを知らずに夢を織りなす脳のうごきに憤慨し、日めくりカレンダーをめくれば「こどもの日」と出たからいよいよ私は気を悪くした。

息子は明日まで、父親の仕事を手伝いに山へ行っている。

怒りにまかせてお菓子を食べて、息子の不在により減りのあまい生卵を、まとめて味付け卵にすべく立ち上がった。

小鍋にみっちり卵を詰めてゆでる。ぐらぐらぼこぼこしたお湯のうごきにあわせて卵たちが鍋肌にあたって卵同士でもぶつかり合ってかつかつ音がするのを聞くうちにだんだん落ち着いた。

ゆで上げてむいた卵をポリ袋に入れ、煮切った漬け汁を流し込んで、手で空気を抜いたうえでさらにストローで残った空気を吸い出す。真空のようになったポリ袋内で卵に漬け汁がまとわりつくのを確かめてよしよしと冷蔵庫へ。使い終わったストローは娘にジュースを飲んだと誤解されないように処分して万事抜かりなしだ。

ちゃんと無事の息子から連絡があり、今日の仕事の手伝いは午後からで、午前は川に来ました、とのこと。河原の岩を映した動画が添付されていて「岩を水で濡らし、その前に小さな椅子をおいて座り、岩が乾くのをながめています」と説明のナレーションが入っていた。

良い天気ですばらしい休日を過ごしているようだ。

娘が起きてきて、ゆでたレタスと大根のピクルスとパン、それからまだ浅漬かりだろうが味付け卵を出すと「味付け卵が最近すこし苦手になっちゃって……」と言う。いま10個作ったのに⁉

鮮烈にショックを受けるが、娘は食べ物の好き嫌いについて思考を停止させることなくずっと繊細に感じ続ける人だ。食の好みが有機的な様子があらためて見えて頼もしさも感じる。

以前から、今日は街へ服を買いに出ようと予定していた。とくにどの店に行くか決めず、あてもなく出かけたが、娘が古着のTシャツが欲しいとひらめいて通りがかりの大きな古着屋へ入った。でかいスピーカーででかい音楽がかかるなかに並ぶ大量のTシャツを、一枚一枚品定めしていく。

このあたりのラックはバンドのやつ、ここはスポーツブランド、なんとなく店内のジャンルも分かってきて、娘はじっくり品定めをして映画の1シーンがプリントされたものを選んだ。

「この映画は観たことがあるから、着ていい」と言っており、そこを意識できるのは大事なことだ。以前着ているTシャツの柄を指して「この映画は観たことがないけど、でも着たっていい」と主張する友人がいた。ここで大切なのは、観たことがあるかないかではなく、娘や友人のように作品を観たことがあるかどうかに目を向け頓着するかどうかだ。

採点用の赤いペンが欲しいと娘が言って、文房具屋へも寄る。大きな文房具売り場はペンのコーナーがうなる。いろいろなインク、太さ、色、さまざまにペンが並び、世の中にはペンにこだわる人が多いのだなと、こだわらない者として私は何度だって思い知らされる。娘にもひいきのメーカーがあり、聞けば同じ色でも太さに3種類あるんだそうだ。

私はペンはむしろ家になぜかいつの間にかあるものを使いたい。そこらに転がっているものを使って使い切ったらまた転がっているものを使って生きていきたい、そこに使い甲斐を感じる。これまで実家暮らし、祖母宅へ居候、ひとり暮らし、家族ができてと生活を遷移させてきたけれど、いつだって薬局で、景品で、常々もらって家には余るほどペンがあった。そういうのを使い勝手を問わず使うことに胸がすく。節約しているとかそういうことではなくて、これは性分の話だと思う。

娘に良いペンを買ったあと、クリスピークリームドーナツでオリジナルグレーズドを食べた。私はコーヒー、娘はレモネードを飲む。ドーナツは、分かり切ったことだけどおいしい。

年長者はいつだって「むかしはこんなにおいしいものなかった」と言う。それを聞かされて育ってきたから、おいしいものを食べるたびにここは未来であると感じる。

娘は買った古着のTシャツを気に入って、ドーナツ屋でも帰り道もずっと、いい買い物をしたと言った。

「古着のTシャツは冗談みたいだからいいんだよ、プリントしてある柄を、本気じゃなく、どこか嘘みたいに着られる」と私は持論を展開し、すると娘も「それはいい考えだ」と、帰りつくなり着ていたTシャツを買ってきたばかりのに着替えて、古着屋のにおいだと言った。

それから夕方まで書きものの作業をうなってすすめ、すると夜はあっさりやってきて晩ごはんはガーリックライスと豚汁と焼き芋。冷蔵庫にあるものを使い切るべく動いたためにメニューががちゃがちゃした。

ガーリックライスは無印良品の炊き込みごはんで、私と娘は無印の炊き込みごはんファンだ。もともと私がひとりで声援を送っていたところ、これはうまいと気づいた娘が「私も好き」と加わって、いよいよ精力的に買うようになった。

2合用を、そこをなんとかひとつ……と欲を出して2・5合分のごはんで炊いたところ、ひと口食べてもう娘に「お母さんもしかして……」と気づかれる。鋭い。

それでもふたりしてよく食べて、残った分をタッパーに入れたら「これ明日お母さん在宅勤務のお昼に食べるんでしょう」と見つかった。「そうだよ……」と言ったが、娘のおやつにとっておいて喜ばせようと静かにたくらむ。

テレビのニュースで連休で日本三大庭園や各地の花畑がどこも賑わっていると流れた。偕楽園、兼六園、後楽園、娘はいつか行ってみたいと言う。本気だろうか。どこでもいいから花畑も見物したいと。意外だ。

三大庭園も花畑も、それにボールペンにも興味のない私だから、今日は一緒に買い物に行けてよかった。

現実だったらあんまりだ

6月1日（木）

起き抜けに会うから、同居の者には夢の話をするだろう。寝たり起きたりする瞬間に近くにいる人とのあいだには、そうでない人とは違う種類のコミュニケーションがあって、そのひとつが夢の話だと思う。

意味がぜんぜんわかんないのだが（それが夢というものなのだけど）、両手それぞれで逆側の肘をつかんで腕をコの形にする、その腕のさまをでかい彫刻にしたものが、本邦の門のデザインの基本である、という夢を見たのだ。

（なんで門ってあんな気持ちの悪いデザインなのだろう）（もっとこう、普通でいいのに……）と夢で私は考えた。

朝食を食べながら息子に聞かせると、「やべえ……」と驚いたから、変な夢の甲斐があった。

息子はちょうどいま『砂の女』を読んでいるそうで、主人公が見る夢にぶよぶよした手紙が出てきたと、「手紙がぶよぶよするのはすごいなと思ったけど、でかい腕が門のデフォルトなのもすごい」と安部公房に並べてくれて光栄だ。

息子が出かけていって、這うように起き出した娘も立ち上がって着替えて学校へ。娘は最近あいさつを先鋭化させることに凝っており、

「ウウェ」

みたいなうめきを「いってきます」に代えて出ていった。

私は午前中ばたばた在宅勤務をし、昼に適当なごはんを食べて午後から会社へ行く。終えて帰宅。

キャベツがたくさんあって、お好み焼きにしたいがタネを作るのは疲れてもう面倒だった。そこでキャベツと豚肉を炒めたところにお好み焼きソースとマヨネーズとかつおぶしと青のりをかけて食べることにした。

子らもそろっており、銘々皿の上で調味料などかけて仕上げる。

食べてみると、お好み焼きではないのだけど、これでいいのではないかという味だった。「やっぱりお好み焼きはこうじゃない」と娘は言い、いっぽうの息子は「お好み焼きを目指すとがっかりしちゃうから、こういう食べ物だと思って食べないといけないよ」と、言い方が妙に規範的だ。この人は物事にかなり細かく独自の倫理観を持っている。

テレビのニュースでは将棋の藤井聡太名人のニュースを盛んにやっていた。娘が眺めて、私は将棋のことが本当にわからないのだと言う。

「将棋でわかるのはオウの駒があることだけだな」

「王将のこと？」

息子が聞くと、娘は「王将って餃子の？」と返し、うちでは誰も将棋をしないが、それにしてもかなり正確に将棋のない世界の人の言い方だった。

近ごろ夜、娘が自室から居間に来るときに中にいる私に「やってる？」と聞いてから入ってくる小さな文化ができた。私は「いらっしゃい、やってるよ」とおかみさん風にふるまうのだ。

しかし今日、いつものように娘が「やってる？」とやってくると、床をごろごろ転がっていた息子が「やってねえよ！」と急に傍若無人すぎる大将になってしまったため物語が急展開した。

現実だったらあんまりだが、茶番だからみんな笑った。

畏れることない不公平感

7月5日（水）

春に家族で部屋を取りかえる家庭内引っ越しをした。いまの寝床になってから、はじめての夏がやってきた。

去年はこの家でいちばんせまく天井も低い部屋で寝ていたから、クーラーはつけるやいなやよく利いて、冷えすぎたら切り、しばらくして暑くなるとまたつけてやりすごす夏だった。

今年はそれにくらべると普通の広さの部屋だ。クーラーは以前の部屋のものより新しく、「まろやか運転」という寝る際に使うらしき設定もある。設定するとリモコンの液晶に星のマークがつく。ここのところは夜じゅう暑く、まろやか運転、就寝後数時間で切る設定、起床数時間前につける設定、いろいろと手探りで試している。

夏の夜はひとりで寝るのではないような気分だ。たったひとりとして寝て起きるのではない、就寝が確固としてクーラーとともにある。

家電としてこちらで一方的に手なづけながらも、どこか生き物同士のように手をつなぎ足並みをそろえて、暑い夏の夜を乗り越えていく。それは寝るにしては込み入った行為で、秋冬春がただ寝て起きるのに比べるとずいぶん違う。

今日は娘だけが休みの日。

息子と私で起きてわっせわっせと朝の支度をするあいだも娘はひとりゆっくり寝ている。

息子が出るのがぎりぎりであわてているところに私が台所から飛び出して水筒を渡すと、細く空いた娘の部屋のドアの向こうに、暗闇のなかでしかしはっきりと光る娘の目が見えた。

「起きている！」

「なんか、目が覚めた」

娘はそれからまた布団をかぶろうとするが、息子に「いま何時？」と聞かれてもぞもぞスマホを見て「何時でしょーうか」と、これは娘は息子や私をおちょくっているわけでは決してない、どういうことかこの人はクイズ精神が異様に旺盛なのだ。いつ何時でもすべてのことをクイズ形式にする星のもとに生まれついてしまった。

息子は時間を把握するよりももはや急いで向かった方が良いと判断して出かけていき、私はあてずっぽうで時間をこたえてみたら、3分の誤差だった。

それから私は在宅勤務、娘は起きて友達と遊びに出かけた。

作業が詰まっており、昼は麦チョコを一気食いして鋭意あらん限りの力で進める。麦チョコはたまに食べるがてきめんに作業を推進させる力を持っている。もしかしたらごつごつして黒く、ちょっと石炭っぽいからではないか。私が汽車、麦チョコが石炭だと、私の深層心理がそうイメージして作業が加速するのではないかとちょっと疑っている。

麦チョコのおかげで首尾よく仕事が片づき、終業後に買い物に出て晩ごはんの支度をする余裕が工面できた。スーパーに行き晩のあれこれと、それから細いペットボトルで売られる、希釈用のアイスコーヒーを買った。

夏はこれまで安い紙パックの無糖のアイスコーヒーを買ってきて飲んでありがたがっていたが、今年なんとなくこの希釈用を取り入れはじめた。紙の1リットルパックよりも割安だから、とか、持ち帰るのに軽いからとか、理由はあとづけで、単に「そういえばこういうのあるよな」と、これまで自分になかった選択肢に気づいてちょっと興奮しているのだ。こういうのを買う人、になっている感じを味わっている。

スーパーでは出入口で店員さんがチラシを配っていた。数日後に創業記念で特売があるとのこと。ちょっと「お」と思うも他のお客さんがチラシをちょうど受け取っていたから私は素通りしてしまい、あとでネットで見ればいいか、と思いながら帰ってきたら、ポストにまさにさっき配っていた創業感謝セールのチラシが入っていて飛びつく。

これじゃん！

チラシ一枚のことだけど、さっき欲しかったやつが先回りして家に来ていたと思うとなかなかのありがたみだ。しかもいつも買っているグラノーラが特売のうえさらに安くなるクーポンがついていた。

子らも帰宅し、集まって麻婆豆腐などの晩ごはん。知人にもらったままずっと冷凍になっていた「陳建一　麻婆豆腐の素」というのがあって、解凍して豆腐と炒めて使うものでこれがおいしかった。

名のはせ方というのはさまざまあるが、料理の世界で評判になれば名前が人んちの冷凍庫に入って保存されるのだからすごい。

食べながらニュースを観ていると、スポーツコーナーで大谷翔平選手が誕生日であると報じられた。

「ニュースで誕生日が知らされる人なんて、なかなかいないよね」娘が言う。

「野球のことはよくわかんないけど、シーズン中で記録がかかってる最中に誕生日だったから取り上げられたんじゃない」と私は答えたが、娘はどうもちょっと納得がいかないようだ。

娘は先日から、大谷選手の活躍が報じられることをやや苦々しく思っているようなそぶりを見せている。

大谷ほどの能力者に対して畏れることなく不公平感（という表現はやや語弊があるかもしれないが）を持っている、そしてそれをはっきりとではない、あいまいな気持ちのままあらわにできることに、私は敬意を持たねばならないと思わされた。

バレエと敬礼

8月7日（月）

ぱっと目が覚め、口呼吸になって夜のクーラー独特のけばだつ空気が喉に流れ込んでいるのに気づいて口を閉じまた寝た。

カレーを食べる夢を見た。スプーンですくったカレーが口に近づいて、ぱかっと口が開いてまた目が覚めた。

息子がきのうから友達と泊まりで遠出し、今日の夕方帰ってくる。出がけに水筒に氷を入れながら「いちど冷凍庫の氷コーナーを満杯にしてみたいなあ」とつぶやいていたから、普段は最低限の氷が保てればいいくらいの気持ちでいたのを、息子が帰ってくる前までに氷で満たしておこうと私はきのうからせっせと氷を作っている。うちの冷蔵庫は数年前に壊れた際、店でいちばん安いものを下さいと、安さだけで選んで買い替えたものだから製氷が自動ではなく手動なのだ。

製氷皿が凍ったころにばりんと氷入れに落すのを繰り返しているからだいぶたまった。……という、息子の期待に応える製氷行動を、無意識にやっているのに気づいた。しめしめとも思わずに純真にただ息子を思って自分が氷を作っていることに驚いた。

それから洗濯物を干していると、つまんだプラスチックの洗濯ばさみが割れた。この夏はとにかく暑く、紫外線で洗濯ばさみもよほど焼かれる日々だろう。

固いプラスチック製品は通常、丈夫だ。小学生のころから使っているプラスチックのお弁当箱と定規をまだ持っていて問題なく使える。

洗濯ばさみだけが、どんどん壊れる。

在宅勤務にとりかかり、途中で昼になる前のぎりぎりの午前に娘を起こした。夏休みですっかり遅起きになっている。

私などは早いうちに活動を始めたほうが時間に余裕があって得した気持ちになるけれど、娘はたくさん寝られることに価値を感じるようだから仕方がない。

昼休み、ごはんとみそ汁で適当に終えたあと、なんとなくの流れでポップコーンを作ろうということになってフライパンで豆をゆする。

娘に、多すぎるよ、はぜると増えるよ、と警告されたのに思い切った量を入れたから、大きめのラーメンどんぶりに山盛りいっぱいになった。

こういう過剰なことは夏らしいというか、夏に免じられる気持ちがある。大変な酷暑で災害的にとらえずにはいられず、社会問題としても深刻な今年の夏だけれど、元来のあっけらかんとした印象はある。

娘が友達と図書館に行くと出かけていって午後は静かにうなりをあげて作業、思った以上にはかどって、早めに上がって洗濯物を取り込んでたたんで掃除機をかけて買い物に出た。

とはいえ、買い物メモなど作らずにひらめきで飛び出してしまったからスーパーに着いてからまごまごして、こんなとき私はいつもあてもなく豆腐を買う。

帰ってくると息子が戻ってきており、旅は大変な充実だったとのことで何よりだ。

晩のロールキャベツと豆腐のみそ汁を食べながら土産話を聞かせてもらう。電車での移動中、車窓に草原が見え、風で海原のように草がなびいたのが印象的だったとのこと。

娘が「そんなの野球選手出てくるじゃん」と、急に『フィールド・オブ・ドリームス』を出したが、なんでそんな古い映画を知っているのか。

一緒に行った友人と撮った写真を見せてもらうとみんなそれぞれにポーズをとるなか、息子はひとり敬礼している。

「ポーズに照れてつい敬礼になる」と息子が言う。なるほど照れると敬礼する気持ち、わかるなあと思っていると、娘に「お母さんも写真のときにすぐ敬礼する」と言われ、たしかに……。

「私がバレエの発表会のとき、並んで写真撮ろうっていうからせっかくきれいにポーズとったのに隣で敬礼した」と娘がさらに言うからあらためて照れた。

寝る前に、たっぷり製氷しておいたことをつい息子におしつけがましく伝えてしまった。あだとなり、それほど喜ばれなかった。

風呂上がりの娘が居間と台所のあいだのふすまの途中に立って、「ふたつの部屋を右と左の目で同時に見る」と言っている。

あとがき

２０２３年11月19日（日）

焼く？　と聞くと息子は「いや、そのままでいいや」と言い、受け取って「丸いなあ」と感心して食べ、すぐに図書館に勉強に出かけた。

しばらくすると、遅起きの娘もぐにゃぐにゃ骨をゆらして起きてくる。娘は焼いた方が好きだからフライパンで温めて渡すと「丸い！」と言ってから手で2回バウンドさせて「熱い！」と笑い、丸くて熱いようと言いながら食べ、「ああ、おいしかった、じゃなくて、ああ、丸かった、だね」と皿を片づけた。

本当に丸いパンだった。きのう用事で実家に顔を出したところ、母が焼いて持たせてくれた。

「えっ、すごく丸くない？」と聞くと「そうなのよ」とだけ母は言い、なんでこんなにまん丸なのかの秘密は教えてくれなかった。まるでテニスボールのように球だ。

ちゃんとおいしいパンなのだけど、丸さの驚きが味を凌駕して、みんなただ、丸い丸いと言うばかりだった。

娘に頼んで作動させた食洗機から、送水のプロペラが旋回できずにいる音がする。一時停止させてざるの下をのぞくと、ジップロックコンテナーの蓋が斜めに落ちてプロペラの行く手を阻んでいた。ざるに立てかけて、スタートボタンを押しなおす。

プロペラが回る音がして、からまったような休日の台所の時間も正しく流れ出した。

これが今日の朝のこと。こうして私たちは一日をはじめ、それぞれ学校へ、仕事へと散ってまた家に戻ります。母親の私と息子と娘の3人の、そんな日々のさまをつづった日記をまとめたのがこの本です。

日記は2018年の10月末からインターネット上に発表し、その後同人誌としての頒布を経たあと2023年の2月に『ちょっと踊ったりすぐにかけだす』として書籍化されました。本書はその続編にあたります。「きみの名前を知ることそのもの」から「今日は一緒に行けてよかった」までは書下ろし、その他はこれまで執筆してきた全期間から、ここぞという日を選りぬきました。

時期は前作と重なる部分もあり、本書は息子が小学5年生、娘が2年生にあたる2019年の冬からはじまっています。どこから読んでいただいても、書いてあるのはいさぎよく、私たち家族の暮らしぶりそれだけです。

いわゆる日記的な文章とは少し様子が違うようだぞと、日記のようでエッセイでもある、「日記エッセイ」という呼び方を、前作から引き続き編集を担当してくださった素粒社の北野さんが与えてくれました。

私は日記を、未来の自分に今を手渡すための記録として書いている意識があまりなく、ただ文を書く楽しさを得るために書いているところがあります。

書く興奮のために日常を観察し、そうして日々を書いたから結果的に日記となって、いっぽう文で遊ぶ喜びを目的として書いたことからエッセイとしての着地も得たのではないかと考えています。

人生の凹凸に難儀し悩んで地を這って、かと思えば解決を見て日が差すような展開はほとんどありません。いつものように暮らして、暮らして、暮らしきる、悩みを秘めて家族が今ここのコミュニケーションをします。そういうのもまた、生活のリアルなんじゃないかと思うのです。

前作に続き、原稿を読んで出版の許可をくれた子どもたちに感謝します。

古賀及子

こが ちかこ

ライター、エッセイスト。1979年東京都生まれ。

2003年よりウェブメディア

「デイリーポータルZ」に参加。

2018年よりはてなブログ、noteで

日記の公開をはじめる。

著書に日記エッセイ

『ちょっと踊ったりすぐにかけだす』(素粒社)。

おくれ毛《げ》で風《かぜ》を切《き》れ

2024年2月 2日　第1刷発行
2024年4月10日　第2刷発行

著者
古賀及子《こがちかこ》

発行者
北野太一

発行所
合同会社素粒社
〒184-0002
東京都小金井市梶野町1-2-36　KO-TO R-04
電話:0422-77-4020　FAX:042-633-0979
https://soryusha.co.jp/
info@soryusha.co.jp

ブックデザイン
鈴木千佳子

印刷・製本
創栄図書印刷株式会社

ISBN978-4-910413-13-6　C0095